To.

_____

From.

_____

시,
공
간

시
쓰는
배우
조종하

이상공작소

할머니 아버지 어머니 동생
저를 스쳐간 모든 인연
그리고 지금 이 책을 펼친 당신에게
제 모든 사랑과 감사함을 표하며,

시, 공간의 시작점

시인은 특별한 존재 같았습니다.

뭐랄까, 제가 보지 못하는 생의 부분을 볼 줄 아는 사람들 같았지요.

아마 어렸을 때 우연히 보았던 윤동주 선생님과 백석 선생님의 시가 그 시작이 아니었을까 싶습니다. 누구나 쉽게 스쳐 지나갈 수 있는 한 생물 혹은 사물을 붙잡고 그 영혼을 끄집어낸 뒤, 자신의 영혼과 함께 반죽하여 새로운 것을 만드는 힘을 가진 사람들. 어린 저에게는 마치 슈퍼히어로 같았습니다.

그러한 시인들을 동경하던 제가 어느새 시를 쓰고 있습니다. 비록 어렸을 적 읽었던 시집들의 슈퍼히어로 선생님들처럼 시를 잘 쓰지는 못할 테지만, 그럼에도 불구하고 손가락과 펜촉의 도움을 받아 영혼을 끄집어내어 어설프게 써 내려가고 있습니다.

누구나 그러하듯 동경하고 좋아하던 것들이 업이 되면 고통스럽습니다. 그렇기에 시집을 낸다는 것은 저에게 있어 꽤나 고통스러운 작업이었습니다. 맘 편히 잔디밭에 누워 음악을 들으며 시를 끄적이던, 봄 소풍과는 거리가 멀었지요. 하루에도 수백 번 제 자신의 부족함에 탄식 섞인 한숨이 온몸 구석구석에 묻어났습니다. 하지만 때로는 고통의 또 다른 면에서 얻는 의미와 맛들이 꽤나 깊고 맛있어 중독된 것처럼 써 내려가기도 했었지요.

욕심을 가지기로 했습니다. 더 숙성되고 진정한 시를 써서 누군가가 그 시를 읽고 감동해 주길 바라는 욕심. 그 욕심들이 모여 편집된 순간들을 하루에도 몇 번씩 머릿속에서 상영시켰답니다. 비록 꽤나 자주 흥행에는 실패한 감독이 되었지만요.

시집을 낼 거라며 술자리에서 당찬 포부를 밝힌 제게 한 친구는 물었습니다.

"나도 네 시가 참 좋아. 그런데 너는 등단한 것도 아니고, 그렇다고 유행하는 가벼운 시만 쓰는 사람도 아닌데 시집을 내는 것이 가능할까? 게다가 너는 원래 연기하는 사람이잖아."

순간적으로 마음이 약간은 상했지만, 그 말들은 사랑이었습니다. 걱정이었고요.

사실 친구의 말이 어느 하나 틀린 것이 없습니다. 문단에 등단한 것도 아니고 그저 취미로 시를 끄적이던 제가, 시집을 낸다는 게 가당키나 한지 말입니다. 게다가 저는 본래 연기를 사랑하고 행하는 사람으로서, 시집을 낸다는 것이 매일 자신의 영혼을 태워 글을 쓰시는 시인 분들에게 건방진 것이 아닐까 하는 생각도 했고요.

하지만 그럼에도 불구하고 제 시가 좋다며, 꼭 책을 내주면 안 되겠냐는 사랑의 말을 건네던 사람들의 말이 귓가에 자주 맴돌았습니다. 비록 그 말들이 돌고 도는 것이 저 스스로 책을 내고 싶다는 미련에서 나온 것일지 모르겠지만, 그래도 꼭 한번 책을 만들고 싶었습니다.

'중간'입니다, 중간.
책을 만들기로 결심한 후 딱 중간의 글, 중간의 시를 써야겠다고 늘 생각해왔습니다.

사실 너무나 많은 책들이 쉽게 태어나는 세상입니다. 자신의 글을 책으로 만드는 것이 조금은 쉬워진 세상이고요. 그런 세상의 변화에는 동의하지만, 그렇다고 저의 시와 글마저 쉬운 마음으로 쓰고 싶진 않았습니다. 조심스러운 저만의 기준 속에서 너무 쉽게 써 내려간 시와 글, 읽는 이로 하여금 너무 어려운 시와 글은 쓰지 않기 위해 노력했습니다.

모든 사람에게 너무 가볍게 느껴져 쉽게 잊히는 시.
모든 사람에게 너무 어렵게 느껴져 쉽게 잊히는 시.

"잊히지 않고 읽히고 싶다."라고 말하면 솔직함에 가

까워진 것 같습니다. 그래서 '중간'의 시를 쓰고 싶습니다. 모두에게 쉽게 읽히되, 그저 그런 가벼운 의미가 아니라 오랫동안 기억될 수 있는 중간의 시를 쓰고 싶습니다. 비록 누군가에게는 제 시가 너무 쉬워 수준이 낮아 보이거나 반대로 너무 어려워 별로일 수도 있겠습니다마는 지나간 시절, 그 모든 순간에 제가 느꼈던 영혼의 조각들을 잘 모아 땔감으로 태워 불꽃으로 피어나준 고마운 시들입니다.

중간의 발자국을 밟기 위해 오랫동안 써왔습니다. 그리고 그 발자국을 내기 위한 시작점에 여러분도 함께 서서 보고 계십니다. 이 글을 쓰는 중간중간 창밖을 쳐다보는데 조그마한 참새 한 마리가 눈을 동그랗게 뜨고 제 눈앞에서 왔다 갔다 하며 쳐다봅니다. 괜스레 허리를 펴게 되고 더 열심히 써야 할 것 같습니다. 조그마한 참새의 시선도 이리 무거운데 여러분의 시선은 오죽할까요. 다만 그 시선에는 사랑이 담겨있다고 믿고, 겸손한 마음으로 써 내려왔습니다.

보여드릴 것이 많지 않아,
너무 말이 많은 제 자신이 느껴져 부끄럽네요.
그저 지금부터는 좋은 시와 글로 말하겠습니다.
당신의 감상을 들을 귀를 조심스레 세상에 기대보면서……

2020년 가을의 따뜻함, 그 중심에서

차례

2부　　　　　　　　　　너 그리고 나

3부 나 그리고 삶

1부

꽃

그리고

너

꽃

느

리

느

다

벚꽃

다시, 봄이 온다 한다

사람들은 벚꽃이 핀다 하니
저마다 아우성이다

벚꽃은 피고 지는데
소리를 내지 않는다

그저 저마다의 모습으로
묵묵히 조용하게
피고 질 뿐

지난 봄
너를 향해 피운
나의 아우성은
지는 내내 시끄러웠다

꽃처럼 살겠다

남은 생
조용히 피고 지어
깊숙히 품고 살리라

다시, 봄이 온다 한들

꽃갈피

내가 너와 책을 읽노라면
나도 모르게 갈피를 놓쳐댄다

책 속 글자와 글자사이
행간의 길을 쫓다보면
어느새 너와 나의 눈사잇길
그 끝에 닿아있다

멍하니 나를 보는 너의 눈을 보다
책 속 갈피를 또 다시 놓친다

그럼에도 좋았다

나는 갈피를 놓친 게 아니었음을
또 다른 갈피가 나 앞에 있었음을

너는 내 삶 속 꽃갈피였음을

꽃잎

나를 보는 그대의 눈에 꽃피면
온 세상이 꽃밭이 되는 것 아닐까

행여 저버릴까 주변을 둘러봐도
오롯이 보이는 건 그대 눈의 꽃이니
꽃이 되지 못해 바스러진 나란 흙으로
그대를 안고 덮고 받쳐주겠다

그러니 그대,
혹여 지더라도
내 곁에 있어 주어라

그댄 눈 감는 찰나조차
내겐 흩날리는 잎이었다

꽃잎이었다

개화(開花)

비가 온다
엊그제 그대의 눈부심을 회고하듯

지난 날,
만개했던 꽃잎이 행여 다칠세라
몸을 감싸 안은 듯 낙화하고 있다

그들이 지는 것을
왜 낙화라고 말하는 것일까

그들은
사뿐히 발을 내려놓았을 뿐인데

꽃별

꽃은 땅에 핀 별이다
당신이 항상 그 자리에 반짝이는 꽃이듯이

영원히 떨어지지 않을

공간 1. 단어

단어 자체만으로 아름다운 단어들이 있습니다. 마치 의미는 중요하지 않은 듯, 단어 자체가 아름답게 들린다고 해야 할까요. 저에게는 그런 단어들이 자연의 단어들입니다.

별, 해, 달, 꽃, 풀, 잎, 구름, 강, 물.

그저 듣기만 해도 기분 좋은 단어들입니다. 그러니 이 단어를 보고 있거나 듣고 있기만 해도 사랑이 샘솟는 느낌을 받을 때가 많지요. 그래서 그랬는지 사랑에 빠졌던 나날, 그리고 제 사랑이었던 당신을 마주하던 매 순간들이 마치 이들을 마주하던 것처럼 느껴질 때가 많았습니다.

"사랑에 빠진다는 것은 예쁜 단어를 바라본다는 것."

　이렇게 말하고 싶습니다. 그래서 사랑에 빠진 당신을
바라볼 때마다 그 주변에서 늘 단어 꽃이 피어나는 듯
했습니다. 당신을 몰랐다면 생각의 넓은 숲속에서 꽃스
런 시상을 찾아 한참을 헤맬 수도 있었지만, 바라보기
만 해도 단어 꽃의 향기가 흩날리니 생각의 숲 전체가
당신이란 시상으로 피어나는 듯했습니다. 그 중에서도
유난히 별과 꽃이라는 단어들이 참 좋았습니다.

　밤 하늘에 피는 꽃이 별 같았고
　땅 바닥에 피는 별이 꽃 같았고
　내 마음에 피던 당신은 꽃별 그리고 별꽃 같았습니다.

　오랜 시간이 지난 후
　자주 하늘을 쳐다보고
　자주 흙바닥을 쳐다봅니다.

　당신을 만나러 가는 길, 버스를 기다리던 정류장에 핀
꽃이 당신으로 보였던 날.
　당신을 만나고 오는 길, 버스 창밖에 떠 있는 별이 당
신으로 보였던 밤.

이제는 추억이 되어버린 당신이 갑작스레 마음속에서 피어오르면, 멍하니 하늘을 바라보기도 하고 멍하니 바닥을 내려다보기도 했습니다만 이제는 옛 마음 한편에 늘 피어 있으리라 믿을 테니 그것만으로 저는 충분합니다.

마음의 중심에서 진심을 담아 간절히 기도해봅니다.
당신이란 꽃이 내내 지지 않기를,
꼭 내내 밝게 피어 어느 우주에서든 늘 반짝이기를.
남은 생, 내내 잔뿌리까지 늘 향기롭기를.

별꽃

하늘에 띄워 놓은 별을
무던히 바라볼 때가 있었다

별의 색은 늘 붉은색을 띠었다

타들어 가는 장작 속 갈라짐
돋아나듯 쏘아 올린 불꽃 씨
재를 입고 연무하는 선혈 꽃
낙화하며 저물어 간 공화 잎

그 불그스름한 풍경에
눈을 떼지 못할 때면
이상하리만큼 붉어진 내 마음이
위로받듯 침잠되었다

그 별에
눈을 쏟다
옆을 바라보았고
떨어지는 너를 안았다

그 날
너는
참 붉고
따뜻했으며
꽃스러웠다

수줍은 꽃잎맞춤에
벌건 술을 털어 넣을 때
내 눈 속 밤하늘은
유영하는 조그만 별빛조차
취하지 않았다

붉은 별꽃 하나
개화하는 꽃사귀로
시선을 물들였을 뿐

네 작은 꽃발 끝
내 발에 올린 채
붉은 춤을 추며

눈사진

그 날

구름이 너무 이뻤다
꽉 쥔 네 손을 잡느라
눈으로 찍어놓았다

꽃이 너무 이뻤다
내 코를 움켜쥔 네 향에 취하느라
눈으로 찍어놓았다

바람이 너무 이뻤다
맘 한구석 스며든 네 따뜻함을 지키느라
눈으로 찍어놓았다

그렇듯 찍어놓음에도
네 눈이 가장 이뻤다

이 날까지
머릿속 필름엔
너만이 그득한 걸 보면

개화 2

"모든 잎이 꽃이 되는 가을은 두 번째 봄이다."

까뮈가 말했다

지난 봄,
간드러진 개화가 끝난 지 오랜데
어느새 두 번째 개화가 피어오른다

먼 잎이 피는 순간
내가 꽃으로 보는 듯
너도 꽃으로 보았으면,

했
다

그 순간만이라도
같은 생각을 했으면

우리 잠시만이라도
같은 생각을 한다면

그것만으로라도
나는 피어 살테니

내 꽃씨의 첫 봄이
너였으니,

됐
다

일(日) 부분

나뭇잎보다는 나무
나무보다는 숲
숲보다는 세상

세상보다는 당신의 눈

소녀와 소년

소녀와 소년이 손을 잡고 꽃길을 걷는다
소녀가 소년의 시간을 잡고 꽃잎으로 꽃을 피운다

"사랑해, 너랑 나랑 같이 걸어 다녔을 때
두 눈을 감고 걸어갔어, 그 동안 꽃이 피어났어."

오래 전 그 날
지나온 시계를 다시금 돌러보면
소녀는 꽃으로
소년은 흙으로
이 꽃길을 꽃 피우듯 걸었을지 모른다

"너와 함께 같이 걸어 다녔을 때
두 눈을 감고 걸어갔노라,
그 동안 꽃이 피어났노라.
평생 곁을 지켜줄 흙이 되겠다.
내 설령 온몸을 숙이고 살더라도,
이 세상 끝날 날까지 잡은 손을 놓지 않겠노라.

사랑하노라."

공간 2. 운명론

무라카미 하루키의 소설 중 좋아하는 단편 하나가 떠오릅니다.

"4월의 어느 맑은 아침에 100퍼센트의 여자를 만나는 것에 대하여."라는 단편 소설.

제목만 읽어도 사랑에 푹 빠져버릴 것 같은 느낌의 소설인데, 내용은 대략 이렇습니다. 한 남자가 우연히 거리에서 100퍼센트의 운명으로 느껴지는 여자를 스쳐 지나갑니다. 강렬했던 느낌을 잊을 수 없는 남자는 그 여자에게 말을 걸 수 있었다면 어떤 말을 할 수 있었을까 상상합니다. 그 상상은 곧 하나의 이야기로 만들어집니다. 전생에 그와 그녀가 100퍼센트의 소년과 소녀로서 절대적 운명의 인연이었으나, 전생과 현생의 수많은 엇갈림 속에 이제서야 만났다는 운명론적 이야기. 그녀를 마주쳤을 때 이런 이야기를 했어야 한다며 무릎을 탁! 치며 마무리. (역시 인생은 타이밍!)

이 소설을 접한 후 꽤나 자주 상상했어요. 어쩌면 나에게도 그런 100퍼센트의 사람이 있지 않을까, 혹은 나도 누군가에게 100퍼센트의 사람이 될 수 있지 않을까, 하는 그런 상상. 어쩌면 지금 이 순간도 나의 100퍼센트의 인연이 나를 스쳐 지나가지 않았을까, 하는 공상들.

그 상상과 공상의 뿌리에는 어렸을 때 보았던 플라톤의 향연에 나오는 아리스토파네스의 이야기가 존재합니다. 남녀는 원래 동체였으나 신에게 저항한 죄로 둘로 갈라져 반쪽과 반쪽이 서로를 그리워한다는 것. 그래서 100퍼센트의 반쪽을 찾게 된다면 평생 행복하지만, 그렇지 못하면 다시 갈라져 100퍼센트의 인연을 찾아 헤매게 된다는 신화스러운 이야기.

어쩌면 우리는 그런 불완전한 인간이기에 평생 100퍼센트의 인연을 찾아 떠돌아다니는 게 아닐까요. 만약 전생이 존재한다면, 우리 모두는 100퍼센트의 인연을 한때는 가지고 있던 행복한 존재였으니 그 느낌을 잊지 못해 이토록 헤매는 것이 아닐까 하는.

저의 시 '소녀와 소년'은 이러한 상상을 하던 중, 우연히 발견했던 한 유치원생 아이의 글을 보고 상상하여 쓰게 되었습니다. 사실 제가 쓴 시가 아니라 이 아이가 썼다고 해도 무방합니다. 그 아이의 마음속에서 핀 꽃을 제가 옮겨 심고 조금 더 가꿨을 뿐이니까요.

눈을 감고 천천히 상상해봅니다.

누군가와 한 생애를 함께 걸어 나갈 때 꽃이 피어나는 기분은 어떠할지.

한 사람과 한 사람이 손을 잡고 걷는 매 순간, 꽃이 피어나는 향기의 소리로 온 세상이 가득 차는 기분. 어쩌면 그 기분이 운명의 상대를 만나 100퍼센트의 사랑으로 느껴질 때 드는 기분이 아닐까요.

이제는 조금 나이가 들어버려 사랑의 꽃이 핀 기억이 희미해져 버린 저이지만, 이런 저도 분명히 기억하고 있다고 우기고 싶습니다. 아니 분명히 존재했었다고요. 설령 경우의 수의 동아줄을 잘못 잡은 탓에 이번 생에서는 느끼지 못할지라도 전생에서만큼은 누군가에게 100퍼센트의 사람이었다고, 우리 모두 누군가의 꽃이었고 흙이었으며 서로를 가꾸며 걸었으리라고, 그저 믿고 싶습니다. 사랑한다고, 평생 지켜주겠다며 끊임없이 말해 주었으리라고, 저는 영혼 깊은 곳에 아로새기고 있습니다.

높아만 보이던 밤하늘에 우주선을 쏘아 보내는 시대입니다. 아마 10년 후에는 외계인이 한국 땅을 밟았다는 소식이 들려올지도 모르겠어요. 너무 빠른 세상의 변화로 매해, 매시간이 지날 때마다 모든 것을 수(數)로 증명할 수 있을 듯합니다. 내 삶의 보이지 않는 저변 끝의 문제들까지 과학으로 증명하고 해결할 수 있지 않을까, 하는 생각도 들고요. 어쩌면 앞으로의 삶은 정해진 경우의 수에서 살아가는 게 아닐까 하는 불안함도 사뭇 느껴집니다.

설령 그러한 경우의 수에 의해 우리의 모든 미래가 정해질 삶일지라도, 아직까지는 운명을 조금 더 믿고 싶습니다. 어쩌면 운명이 아닐까 하는 마음에 다가오는 모든 인연을 안아주고 싶은 생각, 당신과 내가 피운 그 꽃이 평생 지지 않을 것이라고 믿어보는 그 생각, 그때 드는 모든 생각 자체가 어쩌면 운명이 아닐까 하는 마음을 부여잡아보면서.

운명

누가 물었다
운명을 믿냐고

나는 답했다
글쎄, 믿어야지

설령 착각이더라도
사실 운명 같은 건
한낱 말장난에 불과하더라도

인연의 실가닥 끝
단 한가락이라도
운명이 아닐까 하는
진심이 담긴 마음이 걸려있다면

운명이고 싶은
그 마음이
운명이 아닌가 해서

단(短) 꿈

나는 자주 단 꿈을 꾸곤 합니다

봄 꽃
고개 들어 소리치고픈 봄 꿈엔
그대의 향기를 듣고

여름 가랑비
올라와서 젖어 드는 여름 꿈엔
그대의 여울물에 젖고

가을 바람
수줍은 낙엽이 땅 몰래 꽃 핀 가을 꿈엔
그대의 문장을 읽고

겨울 눈꽃
이파리 매만진 뜬 눈으로 밤 지샌 겨울 꿈엔
그대의 눈망울을 보고

듣고
젖고
읽고
보다

그대가 닳아버린 단 꿈,
깨어버린 나는
세상에서 가장 슬프고 긴 꿈을 으레 꾸곤 합니다

그럼에도 난 오늘도 일찍 잠에 들려 합니다

당신이란 단 꿈을

보고
읽고
젖고
들으려

글

오늘은 글이 안 써지네요
분명 글을 쓰기로 마음먹은 날인데
한 글자도 토해내질 못하더군요

그런데 신기하게도 당신을 떠올리니
한 획 한 글자 한 행
이렇게 손이 멋대로 움직이네요

왜 그런 거 있잖아요
무언가를 온전히 생각하다 보면
그 생각들과 막연히 발 맞추는 거

이 글을 써 내려가며 보니
참나, 아무 내용이 없네요

라고 말해버릴 찰나
맘이 따뜻해지는 날 보니
내 글이 당신 생각으로
꽉 차 있긴 한가 봅니다

아마,
내 글이 당신인가 봅니다

낚시

허허벌판의 모양을 한
생각 속 바닷
그 가운데
찌를 드려 놓았다

기다린다,
오늘도
소재(所在)가 없는
소재(素材)를

지금쯤 간드러진 입질로
맘이 흔들릴 때가 됐는데
아무리 기다려 뵈어도
봄철에 즈려밟고 가신 내 님 마냥
흔들리지도
피어 오지도 않는다

내 생각 속 바다가
이리도
얕고
좁고
짧고
맑은
망망대해였던가

끝내 생각하고
그래 생각해보고
다시금 곱씹어봐도
이건 다 너 때문이다

그래,
네 탓을 하는 것이다

그러니 입질이 오기 전까진
너를 생각할 것이니
내 글이 후질지언정
내 탓을 하지 마라

모든 시간(詩間)이
너라는 시선(詩線)으로
끝맺어지니

낡이지 않는
저 먼 바닷 끝
바라만 보아도
좋단 말이다

문향 [聞香]

온 세상,
수없이 좋은 향기를 들이켜 보았음에도
어찌 그대의 음성에 울려 퍼지는
맑은 향기는 들어본 적이 없었는가

그대
미천한 내 이름
어여삐 한번 더 불러주오

부디 그리 해주신다면
내 마지막 돌아가는 길
그대 향기 들으며 걸으리

공간 3. 향을 듣던 날

"문향(聞香)"이라는 말이 있습니다.

살면서 한 번도 듣지 못할 뻔했던 말인데, 우연히 향에 관련된 전시회에서 보고 알게 된 단어입니다. 문향이라는 단어를 한자로 풀이해보면 '들을 문', '향기 향'이라 합니다. 글자 그대로 향기를 듣는다는 의미지요. 어디서 누가 만들었는지는 정확히 모르지만, 우리 조상님들께서는 향기를 듣는다고 표현하셨다 합니다.

문향.
의미를 다시금 생각해봐도 너무나 예쁘고 멋진 단어가 아닐까 싶습니다. 이토록 좋은 단어가 왜 우리가 사는 요즘 세상에서는 많이 쓰이지 않을까요. 물론 제 지식의 폭이 좁아 자주 사용하지 않는 것처럼 느껴지는지 모르겠지만 주변을 둘러봐도 문향이라는 단어는 자주 사용하지 않는 듯합니다.

아마도 너무나 바쁜 세상에 살고 있어 우리는 온몸을 사용해 무언가를 관찰하고 느낄 여유가 없는 게 아닐까 생각해봅니다. 생각해보면 무언가를 열렬히 사랑할 때는 모든 감각의 경계들이 허물어졌었거든요. 사랑하는 무언가가 가지고 있는 느낌이 너무나 거대하고 강렬해서, 몸이 멋대로 움직이니 향기가 들리기도 하고 눈빛이 맡아지기도 하며 온도가 보이기도 하는 기이한 일들이 일어나기도 합니다.

나는 어떤 존재인가 생각합니다.
내가 그런 경험이 있었던 존재였었는지.
있었습니다. 내 귀로 당신의 향을 들었었던 순간이.

눈을 감고 귀 기울여 들었던 그 날의 향기를 상상해봅니다.

시원하게 불러오던 바람의 향.
하늘에서 드리우던 구름의 향.
따뜻하게 안아주던 햇빛의 향.

그 향들에 젖어 들던 당신 머릿결.

그 따뜻한 결에 비치던 당신 목소리의 향.

이제는 희미해져 버린 그 향을 기억하기 위해 접히어 죽어가는 귀에 힘을 주어 봅니다.

죽은 듯 살아있는, 살아있는 듯 죽어버린 내 귀를 조심스레 펴봅니다.

눈, 코, 귀, 입.

이 모든 것의 경계를 허물고 온몸의 기관이 살아나 제대로 열렬히 사용하는 순간이야말로 사랑에 빠진 순간이었다고 생각합니다. 그렇기에 무언가를 제대로 사랑한다는 것은 온전히 내 모든 것들을 사용하는 것이겠지요. 당신의 향을 눈과 코, 귀와 입, 내 모든 살아있는 것들을 통해 맡았던 모든 순간, 그때 그 날처럼.

향을 듣다가 녹아버린 시계를 바라보니 어느새 아침 일곱 시네요. 창문을 열고 온 얼굴로 향을 느껴봅니다. 잠들었던 태양이 하늘과 인사하는 고갯짓, 그 끄덕임에 만들어진 바람의 향이 귓가를 스쳐 갑니다. 아침의 새소리가 바람의 향과 섞여 콧잔등에 들려옵니다. 햇빛이 만들어낸 날갯짓에 반사된 나뭇잎의 촉감이 두 눈으로 맡아집니다.

당신의 향을 찾으려 하다 감은 눈으로 밤을 지새운 덕에 나는, 평생은 몰라도 오늘 하루만큼은 향을 들을 수 있을 듯해요.

　아, 분향입니다.

단어는 맛없다

단어라는 게 저는 맛이 없더라구요

말을 할 때마다 머금고 있는 단어
그 특유의 맛

그 맛으로 사람들이 말을 많이 하고
귀로 먹는 게 아닐까
그런 생각이 들더라구요

그래서 그런가
저는 말이 없더라니까요
아무리 말한들
정말 느껴지지 않더라니까요
근데 살다 보니
그중 하나만큼은
계속 말하게 되더라니까요

나도 죽어도 몰랐다니까요,
그게 당신 이름일 줄은

시공간

시간과 공간
나와 너

시공간
너와 나의 거리

어떤 속도로 있든
어떤 공간에 있든
어떤 시간에 있든

너를
사랑하는 생애 속

나의 사랑의
빛의 속도는
일정하다.

그런 사람

군이 조건을 따지자는 건 아니지만
앞으로 올 너가 그런 사람이었으면 좋겠어

늦은 아침
내가 조심스레 피아노를 건드리면
게슴츠레 눈 비비고 달려와
어깨에 기대 들어주는 사람

늦은 오후
목 늘어난 츄리닝 차림으로 창가에 기대
커피 한 잔에 보사노바 음악을 안주 삼아
책과 여유를 즐길 줄 아는 사람

늦은 저녁
지친 하루의 끝
적막해진 밤 강가를 함께 걸으며
별이 없는 서울 하늘 비춘 물결
별길 보듯 바라볼 줄 아는 사람

늦은 밤
오늘 하루 있었던
크고 작은 너의 사연들을
조곤조곤 속삭이다
이내 곤히 잠들어
내가 지켜볼 수 있는 사람

이 모든 게 없더라도
서로의 눈을 향해 꾸밈없이
"사랑한다."
말해 줄 수 있는 사람

설령 조금 늦게 오더라도
너가 그런 사람이었으면 좋겠어

저변 끝

살다 보면
누구든
보이고 싶은 순간이
생의 중심에 존재한다

나, 스런
수많은 이들은
가상 속 세상에서
"그럴 듯 보여야 한다." 라며
아름다운 순간만을 기록한다

그러던 내가
당신을 만난 후
아름답지 않을지 모를
삶의 모든 순간

저 먼
저변 끝까지
사랑하기 시작했다

취향과 키스자렛에 관하여

영화는 러브어페어
하늘은 노을
음식은 소박
계절은 겨울
온도는 따뜻
옷은 단순
색은 따스한
성격은 밝은
표정은 미소로

음악은 제목을 몰라도
키스 자렛의 The melody at night을
말없이 귀로 함께 머금어 줄

먼 그대를 사랑할거요

설령 이 모든 게 아니라 한들
뭐 어떻소

사랑할거요,
그대라는 취향을

공간 4. 취향

●

　취향에 관한 제 시에서 사랑에 취한 저는 "취향이 아니라 한들 어떻소?"라 했건만, 취향은 우리의 삶에서 너무나도 중요한 것이라고 말한다면 '모순쟁이'일까요. 근데 이걸 어쩌죠. 모순이라 하더라도 취향은 우리의 삶에서 너무나 중요한 것인데.

"뭐 먹을래?", "아무거나."
"뭐 볼래?", "아무거나."
"뭐 들을래?", '아무거나."
"아무거나 말고 다른 대답을 해봐."
"그럼 사람들이 많이 선택하는 게 정답이겠지, 그걸로 해."

어디서 많이 본 대화입니다. 사회에서 다양한 사람들을 만난 후에 비일비재하게 보이는 대화의 패턴이지요. 물론 사는 게 워낙 바쁘고 귀찮아서라는 적절한 핑계 또한 존재하는 것이 사실이지만, 그럼에도 불구하고 하루에도 수많은 사람들의 다양한 취향이 죽어가고 있습니다. 취향이 죽어가고 있다니, 분명 슬픔이 도래하는 시대입니다. 살아있는 다양한 취향이 죽어가고 동일한 취향이 살아나는 시대. 저는 그러한 시대를 살아가고 있음을 인정함과 동시에 내 취향을 어떻게 지켜나가야 할까 라는 상념에 자주 젖곤 합니다.

이런 세상이다 보니 새로운 사람을 만날 때 그 사람이 어떤 취향을 가졌는지, 설령 나와 다른 취향을 가졌더라도 취향이라는 것을 진심으로 아끼고 사랑하는 사람인지 확인하곤 합니다. 그만큼 요즘은 '취향'이라는 것이 불분명해졌을뿐더러 수많은 광고와 매체에 의해 만들어진 '유행'을 자신의 '취향'으로 착각하는 사람도 많지요. 그뿐만 아니라 취향이란 것이 마음 한편에 살아있음에도 불구하고 제대로 마주할 생각조차 없는 사람도 넘쳐납니다.

늘 이런 견해가 담긴 글을 쓸 때마다 "나는 아무것도 모르는 인간이야."라고 혼잣말을 되뇌며 반대의 면을 꼭 짚으려 합니다. 자, 펜을 돌려 짚어보겠습니다. 정말 취향이 없는 것이 나쁜 걸까요. "먹고 살기도 바쁜 시

대에, 모든 것이 돈과 수(數)로 굴러가고 있는 사회 속
에서 그까짓 취향 하나 없으면 어떠한가? 돈으로 취향
을 살 수 있는 시대인데!"라며 누군가 소리를 친다면
고개를 끄덕일 수밖에 없습니다.

다만 제가 진정으로 말하고 싶은 것은, 오롯한 '나만
의 취향'은 이 세상에 단 하나뿐인 소중한 보석과도 같
다는 것입니다. 다양한 삶과 환경 속에서 각자의 선택
에 의한 취향들은 각기 다른 색깔로 빛이 나니까요. 흔
하지 않기 때문에 귀하고, 귀하기 때문에 빛나는 것, 그
것이 바로 '취향'입니다.

누구나 숨에 품고 있는 이 취향을 어떻게 다루고 조
각하느냐에 따라 그 사람이라는 작품의 가치관이 디자
인되고, 미래의 형상이 얼마나 우아해질 수 있는지 결
정되는 것 아닐까요.

너무나 많은 것들로 머리가 아픈 이 세상에서 자신이
원하는 것을 알고 자신의 취향을 선택할 수 있는 사람
의 눈빛은 얼마나 반짝거리는지. 그 눈빛을 우연히 발
견할 때마다 제 마음도 함께 반짝거리며 떨리는 것을,
깊은 취향을 가진 그대들은 아실는지.

오랜 친구 녀석의 집에 연어회를 사 들고 방문한 날.
"연어엔 역시 소주지!"라며 테이블 세팅을 하고 있는

데, 친구 녀석이 컴퓨터 모니터의 전원을 조용히 켭니다. 화면 가득 채워진 수많은 영화 포스터가 보이네요. 친구가 애용하는 스트리밍 서비스의 메인 화면인데, 그 친구를 아는 사람이라면 "아 역시 이 친구의 로그인 화면이군!"이라고 할 정도로 선명한 취향으로 그득합니다. 그리고 저에게 묻는 한 마디.

"나는 요즘 이런 걸 보는데, 이게 내 스타일이야. 너는 요즘 어떤 걸 주로 봐?"

친구의 한마디에 제 마음 한편 취향이 반짝거리며 떨리기 시작합니다. 불그스름하게 빛나는 연어회와 반짝이는 소주잔 모서리와 함께.

그런 거

밤 늦은 시간
서로의 일과에 쫓겨
이제야 만난 때

우리 애기 새들 재워 놓고
너랑 살며시
밖으로 나가는 거야

집 앞 이름도 모를
오래된 치킨집 안
김이 모락모락 나는
후라이드 반 양념 반
한 마리 앞에 두고
맥주 오백 두 잔
부딪히는 소리에 맞춰
서로 떠드는 거야

너의 눈빛에 입맞추느라
피어난 생각들은
머릿속을 맴돌겠지

"어떻게 이토록 편한 시간이
이 세상에 존재할 수 있을까."

그 무던하고 소소한 대화에
서로의 노곤함은 잠들어
집으로 향하는 길

조그마한 붕어빵 가게 앞
까치발 선 애들 마냥
동동거리다
아기새들 머리맡에 놓아줄
봉투 하나
꼬옥 품에 안고

넌 머리
난 꼬리
입에 서로 물린 채
온종일 찼던 손
따스히 맞잡고
우리 집에 가는 거야

그냥
내가 늘 조용히
널 보며 생각하는
우린, 그런 거야

전화

그대 나를
걱정하기 전
수많은 생각들이
상상 이상의 상상들로
점철되는 걸 알지요

거멓던 불안한 실체가
희멀건 내가 되기 전에

전화 주어요
아니면 내가
전화 걸게요

그대가 느끼는 지금이
내겐 참 미안한걸요

그러니
마주 듣고 말해요
자주 보고 느껴요

우리라는 소리를

트루먼 쇼

당신이라는 영화 속 공간이 존재한다면
그게 트루먼 쇼라도 좋겠어

벽 끝에 닿아도 사랑할테니

거리에서

너의 집 향하는 그 길
설렌 마음 꾹꾹 담아 걷다 보면

햇살 한 결
바람 한 아름
길꽃 한 송이
풀잎 한 그루

그리고
네 숨결 한 줌

네가 지나간 그 길
네가 묻은 그 자리엔
어느 하나
아름답지 않은 것이 없다

아득히 길을 걷다
네가 걸은 발자국
닮고 싶은 마음에
뒤돌아 꾹꾹 담아 맞대 보면

조심스레
나를 안아주는
네 향기

등 뒤에서 피어오른다

따뜻한

좌우명

"무엇보다 착하고 성실하게
삶에 대한 '따뜻한'
마음이 있는 남자로 살기."

늘 조심스레 꺼냈던 한 문장 속
내 마음에 걸리는
가장 큰 단어

'따뜻한'

그 단어가 가장 크게 내던져지는 계절
겨울

겨울이 오는 냄새는
꽤나 콧잔등을 시큼히 건드린다

차가운 만큼 간드러지는
공기의 향
차스히 마음을 가라앉힌다

이내 귀염스러워지는 건
뭉클한 모양으로
따뜻함을 느껴, 옵게
그대가 물음표를 던져준다는 것

"어느 계절을 가장 사랑하세요?"
"겨울이죠, 가장 따뜻하잖아요."

묻는 이의 눈빛이 사랑옵스럽게
차스함을 뒤로 따스히 퍼져나갈 때
그 모양이 참 어여쁘다고 느껴질 때

겨울의 포근한 안아줌을 느끼며
속으로 감사해 본다

"당신이 있어, 이리도 따뜻하게. "

공간 5. 계절

●

"어느 계절을 가장 좋아하세요?"

당신이 계절에 관한 질문을 한 순간, 제 마음의 저울
은 요동쳤습니다. 계절이라 불리는 봄, 여름, 가을, 겨
울, 이 네 아이들은 각각의 장단점과 매력이 분명하거
든요. 만약 이 아이들이 오디션 프로그램의 최종 후보
였고 제가 심사위원이었다면 "계절"이라는 그룹으로
벌써 데뷔시켰을지도 몰라요. 아, 그래서 세상의 신이
일찍이 데뷔시켰나 하는 생각이 드네요.

'봄'

봄은 모든 것의 시작을 의미합니다. 왜 사람들이 '가을, 겨울, 봄, 여름' 순으로 부르지 않고 '봄, 여름, 가을, 겨울' 순으로 부르는지 알 것 같아요. 봄이 다가오기 시작하면 죽었다고 느껴졌던 것들도 다시 살아나며, 더불어 새로운 것들도 함께 탄생하니 이만한 시작의 느낌이 또 있을까요. 내내 따뜻함을 자아내 지난겨울의 차가움이 언제 있었냐는 듯, 굳어 있던 온 세상이 지저귀기 시작합니다. 힘겨웠던 시절이 끝나고 새로운 시작을 만끽하며 온몸이 풀리는 계절.

그래서, 저는 봄을 사랑합니다.

'여름'

사실 여름은 제가 가장 싫어했던 아이 중 하나입니다. 저는 겨울에 태어났기 때문인지 여름이 되면 아킬레스건을 다친 아킬레스가 되는 기분이에요. 한여름 더위가 온몸을 감돌 때면 기운이 푹 빠져버리고 힘이 사라지거든요.

그러한 제가 여름이 소중한 계절임을 깨닫게 된 경험이 있습니다. 몇 년 전, 한여름에 도보 여행을 하던 중 한 게스트하우스의 사장님으로부터 일 제안을 받고 도

와드린 경험이 있습니다. 너무 더운 날씨에 이래서 여름이 싫다며 자주 구시렁거렸는데요. 인상 좋고 마음의 폭이 바다처럼 넓으신 사장님은 말씀하셨습니다.

"여름이 있어 종하씨랑 제가 가까워진 거예요. 게스트하우스는 사계절 내내 손님들이 스쳐 지나가니까 모든 손님을 기억하진 못하죠. 하지만 여름은 성수기인지라 일을 도와줄 사람이 꼭 필요했어요. 만약 여름이 아니었다면 내가 종하씨한테 일 제안을 안 했을지도 몰라요. 그러니까 여름이 우리를 가깝게 만들어 준 거지요."

여름이 인연을 만들어 준다니! 얼마만큼 마음이 넓으면 이런 생각을 할 수 있을까 하는 생각을 했습니다. 내가 부정하는 것들, 단점 덩어리라 생각했던 것들이 장점 덩어리로 치환되어 긍정의 것들을 만들어 낼 때, 생겨나는 새로운 이미지와 넓어지는 시야의 폭이란 엄청난 것이었지요. 인연뿐만 아니라 많은 것들을 만들어낼 수 있는 계절.

그래서, 저는 여름을 사랑합니다.

'가을'

'천고마비'의 계절. 바로 가을이 주는 이미지입니다.

하지만 저에게 있어 가을이란 아이는 "고독"이란 단어에게 힘을 부여해 줍니다. 가을의 시간에 들어설 때마다 평소보다 힘껏 심란해지는 기분을 느끼거든요. 마치 한 맺힌 인생만을 살았던 사람처럼 내내 마음이 쿵, 하며 깊은 강 밑바닥에 잠겨 뜨지 못하는 무기운 돌이 되어버립니다. 마음 한구석이 아리기도 하고 떨어지는 낙엽만 봐도 괜스레 울적해져요. 이유는 몰라도 장롱 속 퀴퀴한 냄새가 묻어나는 맥코트를 꺼내입고 현관문을 나섭니다. 조금은 바래진 코트의 옷깃을 부여잡고 한참 동안 낙엽을 밟으며 돌담길을 걷다가 오래되고 허름한 재즈바를 우연히 발견합니다. 멍하니 간판을 바라보다 오래되고 낡아 보이는 느낌에 취한 듯 들어가야만 할 것 같아요. 물론 실제로 저는 가을만 되면 그렇게 살아가고 있습니다.

제 이야기를 들은 누군가는 가을이 되어 제가 외로움을 더 탄다고 말할지도 모릅니다. 하지만 분명, 이 느낌은 외로움이 아니라 "고독"이라고 말하고 싶습니다.

제가 생각하는 고독은 모든 삶의 방향이 제 안에 있음을 느끼면서 고요하게 있는 것이에요. 설령 마음이 퍽 쓸쓸해지다 모서리 끝까지 울적해져도, 벗어나려 하지 않고 온 심상을 오롯이 안으려 합니다. 하지만 외로움은 조금 달라요. 외로움은 고독의 상태에서 벗어나려고 하기 때문에 모든 시선의 방향이 목적지 없는 바깥을 향하게 됩니다. 그래서 저는 어디까지나 외로움이 아닌 고독의 선명도가 가을에 더 진해진다고 봐요. 진정한 고독을 느낄 수 있는 계절.

그래서, 가을을 사랑합니다.

'겨울'

매서운 추위에 모든 것이 얼어붙을 것 같은 계절. 그럼에도 불구하고 겨울은 어렸을 때부터 저에게 설렘을 주는 계절이었어요. 겨울이란 아이가 주는 온도, 즉 추위는 따스함이라는 단어에게 힘을 쥐어 주는 반전 매력이 있거든요.

추운 날, 얼어버린 길을 가다 발길이 머무르게 되는 포장마차의 어묵과 어묵 국물, 따뜻한 방바닥에 몸을 누인 채 이불을 덮고 귤을 까먹으며 만화책을 볼 때의 시간들, 하루종일 추위에 떨다 따뜻한 물로 목욕을 할 때의 따스한 기분은 다른 세 계절보다 겨울이란 시간 속에서 더욱 온전히 느껴집니다. 특히 따스함이 포근함으로 이어지는 그 느낌은 마치 사랑하는 사람이 안아줄 때의 느낌과 비슷하지요. 따스함과 포근함이 공존하는 계절.

그래서, 겨울을 사랑합니다.

이렇게 제대로 마주하니 어느 계절 하나 버릴 것 없습니다. 이 세상이 만들어질 때, 왜 이 네 계절을 만들었는지 알 것 같아요. 미약한 인간의 시선으로 이 모든 것들의 이유를 증명할 수는 없겠지만, 분명 존재하는 것만으로 존재의 이유가 있으리라고 생각합니다. 그래서 계절은 계절이라는 것 자체로 아름다운 것 같아요.

"그래서요? 그래서 결국 어느 계절을 사랑한다는 거예요? 전부?!"

멍하니 이야기를 듣던 당신이 눈썹을 찌푸리고 입술을 모은 채 의아한 표정으로 질문을 던집니다.

"하하, 미안해요. 이야기가 길어졌네요. 그러니까 저는 당신과 함께할 수 있는 이 모든 계절을, 아니 그저 당신과의 모든 순간을 사랑합니다."

2부

너

그리고

나

혼잣말

당신에게

#1

새로운 해입니다

작년 한 해는 빠르고도 느린 나날이었습니다
아마 올해의 첫날도 비슷하게 흘러가는 걸 보니
시간은 천천히 와서 빠르게 스친 당신과 닮은 듯합니다

작년 한 해는 당신 생각을 참 많이 했습니다
아마 내가 숨을 쉬고 있다는 생각을 할 때를 빼어 보니
그 나머지는 당신 생각으로 가득 찼던 듯합니다

#2

아, 나도 모르게 이야기가 옛 당신을 향해 흘렀네요

올해의 첫 시작은 시를 쓰면서 시작하고 싶었습니다
그대 생각에 그동안 시를 쓰지 못해서겠지요
어설프게 핀 맘에 온종일 낙서만 끄적거리던
마음을 접어두고는

필사하기로 마음먹었습니다

서점에 가서 몇 권의 책을 샀습니다
너무나 따뜻한 시인들의 책으로
제 방 책장은 차곡차곡 봄의 씨앗 심기를 시작하더군요
그럼에도 왜 제 마음은 비어 있을까요?

저도 잘 모르겠습니다

#3

꽃이 잎사귀의 손을 마주 잡고 피어나듯
노트의 모서리를 부여잡고 편 백지를 마주합니다

맘속으로 정한 시를 부여잡고
필사를 시작합니다

한 글자 한 글자 써 내려 가 보니
어느새 백지와 검은 글씨가
서로를 껴안고 있습니다

그래요
나는 솔직히 필사하는 내내
어설픈 마음도
그리고 나도 바로잡지 못했습니다

수천 개의 글씨는
모두 당신 생각으로 향하는 기도문이거늘
무슨 의미가 있을까요

#4

미안해요, 미안합니다
당신은 내가 미안하다 말하면
마음이 멀어지는 듯하다며
참 싫어했었지요

그럼에도 나는 꼭 한번 하고 싶었습니다
이렇게나마 글로 말하는
내 부족한 용기를 핑계 대며
꼭 한번 말하고 싶었습니다

미약한 내가 당신에게 푹 빠져버리곤
허우적거린 수많은 순간들
그 별들이 만든 별길을 따라 떠나간 당신이
저 멀리서 빛나는 꽃을 피운 것이라면
나는 그 부족했던 순간조차
바라보며 살아가려 합니다

참 미안했습니다

#5

새로운 해입니다

나는 앞으로 더 많은 시를 써야겠지요
어쩌면 시를 써야 하는 건
제게 있어 또 다른 삶의 이유기도 합니다

당신을 마주할 수 있거든요
당신은 태양을 바라보는 꽃일지라도
나는 당신을 바라보는 무엇이 되려 합니다

아름답게 기억되어 주어요

올 한 해도 멀리서나마
아름답게 행복했으면 합니다

당신이란 별 그리고 꽃
내내 반짝여 내 맘속에 피어 있기를

2017년 봄,
그대라는 기억의 잉크를 채우며

아픈 봄

날씨는 아직 서리가 가득한데
낮햇님만큼은 봄내음을 풍긴다

앙상한 빈 나뭇가지에
물망초 향기가 걸터앉은 듯

푸르스르름

푸르스르름---

푸르스르한 아침이 다가온다

해는 더 다가오는데
멀어지는 석양의 눈빛처럼
새벽아침의 푸르스르름은 무언가 공허하다

푸르스르름--
푸르스르름--

오늘도 바라보다 눈만 껌벅껌벅
어느새 네가 떠올라
바뀌는 풍경에

푸르스르름-
푸르스르름_
푸르스르름.

지점

그 시절 그 봄은 그러했다

아직 무르익은 계절에는 서리가 끼여
겨울이 지났다고 하기엔 아쉬움이 자욱했고
봄이 왔다고 하기엔 이른 감이 있는 그런

그만한 때에 이르지 못한 그 계절은
미숙한 우리에게 있어
따뜻하다 하기엔 너무나 붉었고
차갑다 하기엔 너무나 푸르렀다

아마 너를 그려내는 내 마음의 지점이
그러할거다

사랑했다 하기엔 과거인 것 같아
짜내지 못하고
사랑한다 하기엔 지금인 것 같아
섞이지 못하고
사랑할, 거다 라고 하기엔 헛도는 붓 같아
아무 말도 못 그리는 그런

아마 그러함에 나는 너를 내놓는다 말
못하는거다

조그만 계절의 조각이 목에 걸린 듯
붙잡지 못한 순간을 목젖에 대어놓고
너란 그림을 걸어 두는 그런
아마 그런 것이
내가 너와의 사이를 이토록
정의하지 못하는 이유일거다

그나마라는 건
정의하지 못하는 아이러니함이
너를 그려내는 순환의 시작이라는 것

그러하다는 건
너 그대로 그 자리에 지긋하라는
말뿐이 못 되뇌는 것이다

아마, 더라도
잊혀진 듯
잊혀지지 않게
그 자리에 머물러 주어라

바라보다
바라보지 않은 듯
그릴 터이니,
평생

가을 실

풀고 있다
아직 날이 더운 걸 보면

촘촘히 수 놓인
가을의 시간이
여름의 옷매무새를 다듬어 대도
여름의 실오라기는
끊임없이 풀어져 댄다

기억을 지우고픈
남루한 행색의 시간이
여름의 옷자락을
애원스레 부여잡아도
끝이 없이 뽑어져 댄다

너를 품은
여름의 나를 풀어내는
가을의 실타래는 멈추지 않는다

상처난 손아귀 한구석
꼭 부여잡은 실오라기는
또 다른 네가 되어
내 손을 부여잡는다

손에 땀이 찬 시간은
가을이 오지 않을 여름이다

먼 가을이다

눈빛

나는 과연 지난 날,

나를 보는 너의 눈빛을 사랑했던 것일까
너를 보는 나의 눈빛을 사랑했던 것일까

나는 어느 눈도 비추지 못하는 꺼진 빛이었다

편지

네모난 창 하나
그곳에 띄워 놓은
동그랗디 노란 달 하나

서로 엉켜안다 울며 나온 솟은 가지들
그 위로 입맞추며 내려 앉는 새 한 쌍
옆을 수 놓은 구름과 새싹 그리고 별

섭한 마음에 미끄러진 손 끝
잘못 놓은 수 낙화하는 낙엽
색바랜 눈길의 그가 멈춘 곳
달빛에 볼그스레진 양 볼
홍조를 머금은 붉은 꽃 하나

어렵디 어여쁜 마음
스며들 듯 스쳐 지나가는 바람
따라 흘러내려 가는 은빛 물결
그 끝을 배웅하는 푸른 갈대들

이 모든 것에 새겨져 버린
당신이란 사람

내 속 표현할 길 없어
이 창 하나를 찢어
편지지 삼아보는 마음

차마
이번 생엔 보내지 못할
당신이 깃든 이 풍경

공간 6. 보내지 못하는 편지를 쓴다는 것은

●

　잠깐 졸았나 봐요.

　단골 카페의 자주 가는 테이블에 앉아 시를 쓰다가 잠깐 눈을 감았을 뿐인데, 지는 노을의 햇빛이 눈꺼풀을 톡톡 건드려서 깨워줍니다. 게슴츠레 뜬 눈을 손으로 비비고 주변을 둘러보는데 지금 여기 있는 곳이 카페인지 내 방인지 분간되지 않네요. 잠깐 잠들었을 뿐인데 꿈과 현실이 제멋대로 횡행하는 걸 보니 정신과는 달리 몸은 잠이 들고 싶었나 봅니다.

편지를 쓰고 싶네요.

비몽사몽한 이 기분에 편지 쓰기를 참 좋아합니다. 마치 잠들기 전에 누군가를 생각하고 생각하다가 그 바람에 잠이 오지 않아 펜을 들었는데, 괜스레 밀려오는 졸음 속에서 써 내려가는 기분이 들거든요.

무엇을 쓸까 하다가, 이왕 햇빛이 눈꺼풀을 건드려 주었으니 바깥 풍경을 구경하고 싶어집니다. 풍경이란 아이들은 편지에 들어가는 것을 참 좋아하거든요.

아까부터 저를 쏘아보며 건드리던 햇빛의 주인인 해가 퇴근길을 걸어가고 있습니다. 어렸을 때부터 해를 보며 느꼈던 건데 정말 성실한 것 같아요. 무슨 일이 일어나든 제시간에 일어나서 출근하고 제시간에 맞춰 퇴근합니다. 태어날 때부터 천성이 베짱이스런 한량인 저의 눈에는 참 부럽고 대단한 기질이라는 생각이 듭니다. 열심히 일하는 해 옆으로는 떠다니는 구름이 보이는군요. 아마 구름의 기질이 저라는 사람과 비슷하지 않을까 생각을 해봅니다. 엊그제는 분명 가랑비가 내려 꽤 어두워 보이더니 오늘은 언제 그랬냐는 듯 기분 좋게 배를 까고 누워서 둥둥 떠다닙니다. 여유로운 녀석, 부럽고 또 부럽습니다.

구름에게 질투가 난 저의 눈썹이 눈을 지그시 눌러주니 시선이 내려갑니다. 하늘의 모서리 끝에 걸쳐 있는 나뭇가지를 발견하고는 시선 정면까지 따라가 봅니다.

커다란 나무가 한 그루 보이네요. 언제부터 여기 있던 걸까요. 이곳에서 태어난 건지 누군가 옮겨 심은 건지는 모르겠지만 제가 처음, 이 카페에 왔을 때부터 늘 그 자리에 있었습니다. 크기가 큰 만큼 가지도 매우 많은 이 나무는 마치 가지 하나하나가 수염 같아서 고민을 들어주는 할아버지 같아요. 역시나! 고민을 이야기하러 참새 두 마리가 나뭇가지를 옮겨 다니며 수다를 떨어 댑니다. 멍하니 녀석들을 관찰하다 보니 어느덧 해는 집으로 들어간 지 오래인지라 색 바랜 하늘에 출근한 달이 하품을 하고 있습니다. 아마 귀찮은 표정으로 별이 올 자리를 미리 청소해두는 것 같아요. 늘 툴툴거리며 나타나는 것 같지만 별을 누구보다 아끼는 달이라는 생각이 듭니다.

달빛에 감화된 마음에 눈꺼풀을 내려 땅을 보니 달빛에 젖은 꽃들이 별빛 섞인 바람결에 흔들립니다. 무슨 꽃인지 이름은 정확하게 모르겠지만 온 세상의 빛을 머금은 듯 자신의 색을 세상에 내비치고 있습니다. 멍하니 한참 동안 꽃을 바라봅니다. 그리고 그런 생각을 합니다. 아무리 예쁜 꽃이라 한들 그 누구도 꺾지 않았으면 좋겠다고. 그저 오랜 시간 동안 늘 있는 그대로, 꽃이라 불리면 좋겠다고 생각합니다. 그렇게 멍하게 있던 시선이 천천히 돌아가 내 맞은편 빈 의자로 향합니다. 늘 앉아있던 당신이 없네요. 꽃이 없는 빈 화분 같은 자리입니다. 갑자기 마음 한가운데가 뭉클해지니 나도 모르게 눈을 감아버립니다.

자, 오늘은 그만 봐야겠습니다.

편지의 재료를 다 모았다고 하기에는 너무 이른 감이 있나요? 하지만 아무리 풍경 구석구석을 관찰해봐도 내 눈 안에는 당신이 있어야 할 것만 같아 시도 때도 없이 울컥거리는 제 좁은 마음의 체력을 탓해주세요. 어떤 재료를 모아 무슨 편지를 쓰든, 그 끝은 당신으로 향할 것만 같은 저를요.

당신을 만나는 내내 보았던 온 세상의 풍경.
그 풍경은 당신을 위한 배경이있을 뿐인데 이제는 위할 당신이 없으니, 내 일상의 풍경들은 부치지 못하는 편지의 재료로 쓰일 따름입니다.

하지만, 뭐 어때요. 괜찮습니다.

매일 풍경을 본다는 것.
매일 편지를 쓴다는 것.
매일 당신을 생각한다는 것.

이 모든 행동이 당신을 내 기억 속에 더 오래 머무르게 해준다면 이건 이대로 아름답지 않을까 합니다. 늘 있는 그대로 매일 아름다울 당신이란 풍경이 온 세상에 걸려있듯이.

일기예보

비가 온다고 했었다
아, 눈이였던가
가물가물한 기억에 눈을 감아본다
그래, 온다고 했었다

멍하니 창밖을 본다
따뜻한 작업실과 달리
창밖은 눈과 비가 뒤섞여
소리 없는 아우성을 외친다

조심스레 눈을 감고 창을 열었다
창끝 모서리부터 쌓여진 눈은
이내 작업실 구석구석에 쌓인다

고심 끝에 눈을 뜨고 창을 닫는다
군데군데 쌓여 있어야 할 눈은
어떤 시선에도 눈을 내보이지 않는다

그날 온다고 했었다
아, 눈이였던가
가물가물한 꿈에 눈을 열어본다
그래, 갈 거라 했었다

보고 있을 땐 몰랐었는데
감아보니 알게 되었다

네가 보고 싶었다

사랑니

패여 있다
움푹

분명 너의 부재가 기나긴 시간으로
자라난 게 오래인데
아직도, 라 한다

아픈 듯
안 아픈 듯
너가 지나간 그 자리를
바알간 혀로 쓰다듬다
이내 너의 부재를 실감한다

무엇이 그리 아팠던겐지
무엇이 그리 힘들던겐지
내가 너를
너가 나를
밀쳤던건지
밀려낸건지

희미하게 바래진
너가 있던 그 자리를 쓰다듬다
그 애틋함에 행여
너가 다시 자라날까
보고 싶어 조심스럽다
처음이자 마지막이라
다시는 자라나지 않을 그곳에
내 사랑인 네가 있어야 할 그곳에
이젠 너는 없어야 한다

허나 패여 있다
오늘도
여전히 그 자리에 더 움푹

간, 꿈

간밤에
꿈에 네가 나왔다
한참을 웃다 깨보니
한참을 울고 있었다
네가 내 옆에 없다는 사실보다
너도 아주 가끔은 내 꿈을 꿀 텐데
어여삐 눈물짓겠네 하는 생각에
한참을 미안해서 울었다

•

녹슨 강

녹슨 바람에 몸을 파묻는
지하철을 타고
늘 그렇게 살아온 듯
그 날의 한강을 건넌다

먼 창밖을 바라본다

그 날 우리가 함께했던
그 때 굽어져 숨은 강은
내 속 길로 흘러 바다가 되었다

강 바람 새 물결
하얗디 하얀 손
따뜻한 가로등 밑
불그스름했던 너와 나
그리고 우리

그 모든 것이 녹아 있는
강은 녹슨 시간을 타고
바다로 이어졌나 보다

비어버린 볼을 스치는 물은
짜디짠 녹슨 맛이니

그 무엇

바라본다, 그 무엇을
관찰한다, 그 무엇을
써내려간다, 그 무엇을
더듬어본다, 그 무엇을

내게 있어 사랑은 무엇일까
아마 시를 써 내려가는 걸 말할 테지
표현과 절제
단어와 문장
투박함과 세련된
사랑받지 못한 문장력, 그 무엇

그 무엇을 표현하기엔
나란 사람은 이제 아무것도 남아 있지 않다

너라는, 그 무엇

연습

연습을 하고 있소
잘하지 못허니
하는 연습일 거요

나는 어쩌면
세상 태어난 이래로
맘 편히 쉬어 본 적 없는
소인배의 마음을
갖고 있는지 모르겠소

아마 굴곡을
걸어온 삶이라
그런지 모르겠으나
나는 잠시라도 무어를
하지 않으면
불안해서 찰나도
쉬지 못하오

그런 병이
그대가 떠난 후
사라져 버렸소

무어를 해야 한다는
생각이 태어나기 전에
그대를 그리워하다
하루를 죽이니 말이오

내 평생 앓던 병이
사라진 기쁨에 젖기도 전
그대를 잃은 슬픔에
내 삶이 젖어버리니

아마 나는 다시
병을 키우는 연습을
해야 하지 싶소

그대를 잊는 긴 연습을

공간 7. 제대로 이별하는 법

"헤어졌다."

문자가 울렸다. 친한 친구 녀석의 짧은 한마디로.
익숙치 않다. "헤어졌다."라는 말은 늘. 분명 많은 것들
이 함축된 단어여서 어떻게 더 대화를 이어가야 할지
고민에 빠진다. 여러 가지 방향이 보이지만 GPS가 연
결되지 않아 길을 잃어버린 내비게이션처럼 정작 헤어
지지도 않은 내가 침대 위에서 혼자 허우적거리고 있
다.

헤어진다는 것은 늘 익숙해지지 않는 힘듦을 동반한다. 사실 어떤 고통이든 반복해서 익숙해지면 어느 정도의 내성이 생긴다던데, 나에게 있어 헤어짐만큼은 아무리 겪어도 익숙해지지 않는다.

나에게도 있었다, 많은 이별이.

첫사랑과의 이별.
아마 가장 고통스러운 이별의 기억 중 하나. 앞으로 살아가면서 다시는 비슷한 고통은 없었으면 하는 바람을 간절하게 가질 정도로 온몸에 힘이 빠졌었던……. 하지만 분명, 이 고통은 꼭 겪었어야 할 경험치였다는 생각을 지금에서야 하고 있다면 오만일까. 우리의 삶은 늘 순환될 테고 내가 천운을 가지지 않은 이상 비슷한 고통은 살면서 또 생기겠지. 그래, 차라리 일찍 겪은 게 나았다며 쓴웃음을 살짝 지어본다.

그렇게 고통스러운 첫사랑과의 이별 후, 몇 번의 만남과 이별이 더 있었다. 경험에 의한 관계의 처리와 원만한 해결방식, 그리고 이별의 시간을 겪어내는 나만의 대처방식들은 해가 갈수록 더 익숙해졌다. 그러나 마음의 결은 얇아져 너덜거렸고 동시에 마음의 벽은 점점 높아졌다. 그렇게 사랑에 관해선 쉽게 마음의 문이 열리지 않는 늙은 아이가 되어버렸다.

그러한 내가 지금, 친구에게 조언 아닌 조언을 해야 한다. 사실 연애 관련 조언이라는 게 살면서 가장 쓸데 없는 오지랖이란 것을 아는 나이기에 어떤 이야기를 해 줘야 할지 고민하고 있었다. 그러나 고민을 시작한 그 순간, 친구에게 전화가 왔고 무의식적으로 통화 수신 버튼을 눌러버리고 말았다. 약간의 정적 후, 친구는 말 문을 열었고 이별에 관한 이야기와 함께 조언을 받고 싶다며 내 귓가에 토로를 시작했다.

친구의 긴 토로가 끝난 뒤, 나는 기나긴 말의 고삐를 조심스레 풀었다.

"익숙해질 거야. 정말 말도 안 되는 소리 같겠지만 시 간이 지나면 익숙해져. 아마 지금은 어디를 가든 그 사 람의 환영과 아름다운 추억이 떠오르겠지. 근데 그 순 간에 할 수 있는 건 무시하는 방법밖에 없더라. 잔상처 럼 보이는 추억들은 다 미화시킨 기억일 뿐이니까.

스쳐 지나갔다고 생각하자. 평생을 반짝거리며 살아 도 별길의 끝에서 사라지는 별처럼 말이야. 그럼에도 끝을 아는 별들이 온 우주의 수많은 다른 별들과 스쳐 지나갈 때 더 크게 빛나는 것처럼, 너의 인연과도 모래 사장 같은 세상 속에서 작디작은 모래알처럼 스쳐 지나 갔다고 생각했으면 좋겠어.

충분히 많이 슬퍼해. 다만 넓게 바라봐. 네가 아무리 힘들다 한들 세상은 잘 돌아갈 거고 설령 그녀가 네 세상에 없다고 해도 잘 돌아갈 거야. 세상이란 녀석이 얄궂게도 참 그렇더라고. 그러니까 지금의 시간을 헛되게 보내서 미래에 후회하고 싶지 않다면 지금 네가 할 수 있는 본연의 일에 집중했으면 좋겠어. 애초에 너의 삶인데, 너의 중심이 올곧아야지. 그녀가 삶의 중심이면 그건 너의 삶이 아니지 않을까.

생각해보면 좋은 사람은 항상 그 자리에 뿌리 깊은 나무처럼 흔들리지 않는 사람 같아. 네가 이번 경험을 잘 견뎌내서 나무처럼 우직한 사람이 되어 시원한 그늘과 튼튼한 뿌리를 지닌 사람이 된다면, 그게 일이든 사람이든 전 인연이든 새로운 사랑이든, 다시 네 곁으로 모이게 될 거라고 봐. 뿌리 깊은 나무는 언젠가 다시 꽃을 피울 테니까.

그러니 이 슬픔과 고독을 잘 소화해 내자. 나도 아직 한참 멀었지만 슬픔과 고독을 삼키는 방법을 제대로 익힌 사람은 누구보다 섹시해 질 수 있다고 보거든.

그동안 정말 고생했고 수고했다. 오늘 하루는 푹 자라."

정적이 흘렀다. 한동안 말이 없던 친구는 언제 한 번 꼭 술을 사겠다며 원래의 친구로 잠시 돌아온 듯했다.

친구가 떠난 후, 수많은 대화로 뜨거워진 핸드폰을 옆에 내려놓았다. 그리고 나는 침대에 누워 천장을 바라보다 눈을 감고 생각에 잠겼다.

'사실 내가 이렇게 말할 자격이 있을까. 이별에 관해서 얼마나 안다고 다 아는 것처럼 이야기했을까.' 그렇게 후회를 하고 나서야 비로소 나는 깨달았다.

'아, 이 말들은 과거의 나에게 내가 해주고 싶은 말들이었구나. 제대로 이별을 이겨내지 못했던, 어설프게 이별을 보내던 나 자신에게 하고 싶은 말들이었구나. 나는 어쩌면 제대로 이별하지 못한 채 시간을 보냈으니, 내성이 생기지 않은 것일지도 모르겠구나.' 하는 생각들이 머릿속 빈 구멍 사이로 차곡차곡 채워졌다.

이제는 너무 시간이 지난 탓에, 제대로 이별을 못 한 채로 내 머릿속에서 서서히 잊혀 가는 인연들이 존재하지만, 앞으로는 다르리라는 다짐을 그들 몰래 해본다. 사랑을 시작할 때 노력했던 만큼 이별할 때도 그만큼의 노력을 해주는 것이 상대를 위해서도, 나를 위해서도, 그리고 살아가면서 만날 모든 앞으로의 인연을 위해서도 옳은 것임을 알기에.

물론 앞으로도 이별에 관한 내성은 생기지 않을 것이다. 오히려 이별할 때마다 더 아프고, 슬프고, 사랑하고 받은 만큼 더 고통스러울 것임을 안다. 다만 내가 원하는 진짜 내성은 이별이라는 것을 이별 그대로 받아들일 수 있는 내 안의 성질, 그것을 바탕으로 더 나은 사람이 되는 것이라 말하고 싶다.

이러한 긴 다짐 끝에도 아직 어린 나는 세상의 모든 이별이 조금은 천천히 다가왔으면 좋겠다고 옹알이를 하다 얕은 잠으로 천천히, 아주 천천히 빠져든다.

쏟은 비

비가 쏟아진다

추
적
추
적

지난 밤
내 꿈속 기억의 샘이
하늘에서 쏟아지듯
회상하기 싫은 내 맘도 모르고
무심히 후두둑 쏟아진다

후
두
둑

창밖에 내리는 비를 보다
그날 네 눈 속 창가가 떠올라
이내 웃음 짓다
너도 이 풍경을 보고 있을까
사뭇 궁금해진다

너와 내가
우리가 게워내지 못한 것들이
비로 채워지는 것일까
아니면
그 시절 내 마음이 떨어지는 것일까

멍하니 빗속에 잠기다
기억이 또 한 번 후두둑 떨어진다

후

꿈 속

눈을 떠보니
간밤에 잘려 내린 가랑비를 맞은 햇볕이
바랜 커튼 사이로 침몰하는 별빛 되어
눈가를 스친다

꿈과 현실의 얼굴을 구분하기 전
눈꺼풀은 횡행하니 정신은 죽어도
육체는 살아있나 보다

꿈 속 그대에게 멈춰버린 시선은
언제 그랬냐는 듯
끝없는 천장으로 달린다

눈꺼풀이 한 번 또 한 번 움직인다
그 시계추를 따라
때 지난 입꼬리가
기약 없는 산행을 반복한다

그러한 나의, 나의
시선은 천장을 향하나
마음은 그대를 향한다

천장에 시선이 닿기 전
깨진 정신을 억지로 죽여내니
남은 그대의 미소가 눈가를 스친다
우리 둘만의 관계는
그대에게 불편할 것이니
나는 후회와 미련을 벗 삼아
그대와의 만남을 이으런다

그대가 후회와 미련을 뒤로 한 채
나를 끊으려 내게 시선이 향할 때

그 단 한 번의 찰나
그 순간이란
차마 못 이룰
깨지 못할 꿈이니

아마 나는 당분간
천장을 보지 못할 것이다

그대가 사라진 이 방에
높아진 저 천장을

단, 네

너와 마주 본
그 순간
달콤한 맛을 보았다

아직 사랑한단 한마디
소릴 머금은 입동굴 속
내내 단 네가 풍겨오더니
너의 뒷모습 마주하곤
아쉬움으로 터져낸다

단 네는 이내
후회를 타고
그리움이란 씨앗과
미련이라는 뿌리로
몸속 곳곳 네 보인다

네가 돌아선
그 날 이후
단 네가 보이지 않는다

쓰고 쓸쓸한
쓰디 씁쓸한
쓴
네 만이

에어컨

간 꿈속에
네가 다녀갔는지
머릿결 지끈거린 편린에
잠을 뒤섞는다

멀어진 에어컨 틈을
멍하니 바라보다
바람결에 시선이 쫓아가
커튼결에 섞여버린다

후웅 후웅
지끈 지끈
턱 턱 털썩

적막이 물든 내 방 한 켠에
따뜻한듯
차가웠던
공기가 위아래로 춤을 춰댄다

머릿속 감정 같아
지그시 바라보니
다시금 찾아온 두통의 편린에
눈꺼풀이 져 버린다

눈을 감으니
내게 걸어오는 듯
발걸음 리듬을 맞춘다

후웅 후웅
지끈 지끈
턱 턱 털썩

곧 온다더니
생각만 멀리서 날려 보냈나 보다

지그시
저 멀리서

너 온 날

이른 아침 일기예보에
창가 밖 하늘을 보니
한가득 눈이 흘겨본다

흩어지는 눈을 한참 바라보다
수 많았던 네 시선이 떠오르다
급히 뭉쳐버리곤 곤히 흩어진다

빛 바란 시선은 창가에 묻는다
무엇 하나 끼어들 틈 없어
촘촘히 서리 낀 창가엔
수 없었던 시선이 나를 바라본다

이내 창가에 비친 뺨 길을 따라
정처 없이 흔들거리며 휘젓다
내 끝으로 우수수 떨어진다

탁! 하는 소리와 함께
창가 속 저 먼 뒤
색 바란 라디오가 거친 숨을 내쉰다

힘없이 울먹거리는 노년의 반주엔
지치는 눈 소리가 발자욱을 찍어내고
지지직거리는 소리의 여운 속에도
너 오는 소리는 묻어나지 않는다

그 무엇이 쏟아진대도
아무것도 오지 않을 날이다

좋은 사람

나는 이제
일찍 일어나고
운동도 매일 하고
술도 끊어 버리고
나쁜 욕도 안하고
말도 예쁘게 하고
일도 열심히 하고
옷도 전보다 잘 입고
주변을 챙길 줄 알고
배려도 할 줄 알고
아이들을 사랑하고
따뜻한 눈빛과 웃음을
주는 법을 아는
그런 사람이 되었다

네가 원하던 좋은 사람
그런 사람이 되어보니
내 곁엔 네가 없다

아마 나는,
좋은 사람이 아닌가 보다.

상투적

왜 그런 거 있잖아
흔하디흔한 상투적인 말들

드라마나 영화에서 지겹게 나오는
"몇 년 후"
그런 문장들

그 말들이 너무 상투적으로 느껴졌는데
주인공들이 우연히 다시 만나는 걸 보면서
그렇게 생각했어

지난
혼자만의 일상이 아무리 길고 힘들어도
함께한 몇 분의 짧은 장면이 더 소중한 거구나
그래서 그들은 그렇게 웃을 수 있었겠구나

근데 말야
나는 너를 다시 봐도
마냥 웃을 수 없을 것 같아

너를 보는 그날이 마지막 일,
너를 보는 그날이,
너를 보는,

너를.

공간 8. 저는 상투적인 사람입니다만

저는 상투적인 사람이라 상투적인 글을 쓰는지도 모르겠다는 생각을 합니다. 어렸을 때부터 애늙은이 소리를 꾸준히 들어오긴 했습니다만 아마 오래되고 익숙한 것을 답습하고 사랑하는 경우가 많을 뿐만 아니라, 뻔한 클리셰와 결말을 좋아하는 경우가 많거든요. 특히 소설을 보거나 영화, 드라마를 볼 때 제가 생각한 대로 뻔한 결말이 나와야 마음이 편안해집니다. 새로운 시도나 참신한 연출방식의 작품을 많이 보고 배우는 것. 그야 물론 좋지요. 하지만 이상하리만큼 마음 한구석에는 뭔가 익숙하고 뻔한 것들을 원합니다. 특히 한 이야기의 주인공은 꼭 해피엔딩에 도달해야만 마음이 안온합니다. 무슨 이야기이든 비극적으로 끝나면 하루 종일 답답한 마음을 억지로 갈비뼈에 쑤셔 넣은 듯 불편하거든요.

그래서일까요?

상투적이면서도 좋은 사람이고 싶었습니다. 좋은 사람으로 살기 위해 많은 노력을 한 듯하지만 지난 저의 20대는 좋은 사람이 아니었고, 실패해 버렸습니다. 마음이 따뜻한 누군가는 아니라고 말해 줄지도 모르겠습니다만 저만큼 저를 잘 아는 이가 또 어디 있을까요. 저는 좋은 사람이 되고 싶어 노력했으나 좋은 사람이 되지 못했다는 것을 명확히 아는 우스운 사람입니다.

특히나 사랑하는 사람에게는 늘 좋은 사람이 되고 싶었는데, 그러지 못했습니다. 사랑하는 사람을 끝내 떠나보내고 나서야 좋은 사람이 되려고 노력하는 저 자신의 모습이 거울에 비칠 때면, 탄식 섞인 한숨이 흘러나와 거울 구석구석이 얼룩져 버렸습니다. 마치 얼룩진 거울 속 모습이 진짜 제 모습 같아, 한참을 바라보면 거울에 비친 연민의 울먹거림을 자주 발견했지요.

그래서 저는 진실로 좋은 사람이 되고 싶었습니다. 뒤늦게나마 제가 노력할 수 있는 것은 더 보란 듯이 좋은 사람이 되어서 살아가는 것이라고 생각했거든요. 이런 생각 자체가 상투적일지 모르겠습니다만 그래요, 저는 이렇게나마 늦었지만 좋은 사람으로 살아가고 싶습니다.

그렇게 상투적인 마음으로 지금도 이렇게 상투적인 글을 써 내려가고 있습니다. 이 글을 쓰는 내내 결국 당신의 이름만 떠오르는 걸 보면 저라는 사람은 역시 뻔한 결말에 놓여있는 사람 같습니다만, 그래도 저는 상투적인 사람이 되고 싶습니다. 저의 이 부족하고 너절한 글의 결말들이 늘 당신을 향하는 것만으로 만족하기에 상투적인 시, 상투적인 글, 상투적인 삶으로 저를 소개하고 싶습니다.

얼마 만인지 모르겠지만 오랜만에 부탁하려 합니다. 당신에게.

좋은 사람이 되었다고 말하고 싶지만 사실 아직도 부족하고 남루한 저를 티끌만이라도 기억하고 추억하다가 희미하게 간직해 주어요. 늘 부족했지만 그래도 사랑할 만한 가치가 있었던, 어수룩하고 따뜻한 사람으로. 뻔하디뻔한 사람이라 늘 그 끝은 당신을 향해 걸었던 사람으로 내내 품어 주기를 진심으로 바라보며, "당신"이란 뻔한 두 글자로 상투적인 글을 마무리할게요.

당신.

무기력

움직이는 것을 무어라 말할 수 있을까

움직이는 너를 유기력이라 한다면
너를 향해 움직이는 나의 몸부림은
무기력이라 말할 수밖에 없을까

우린 그 날,
그렇게 움직이면 안 되는 것이었다

그 대화의 끝이 너와 나의 묵인으로
묻힐 것이라면

너와 나의 끝이 나 혼자만의 무기력으로
잇는 것이라면

우린,
그렇게 움직이면 안 되는 것이었다

무기력한 내가
유기력한 너를
잇기 위해
잇기 위해
끝없이 움직이려 발버둥 친다

나 혼자만이 움직이는 발버둥의 끝엔
너라는 묵인이 묻힌 듯 존재한다

나를 저버린 너의 유기력과
너를 좇는 나만의 무기력이
잇고 잊혀지는 그날

세상이 끝날지라도 나,
너를 안고 끊임없이 움직이리라

카페

늘 가던 단골 카페
그 자리

안길 때마다
손끝으로 꾸욱 눌러본
창가 모서리 구석
그 틈

햇빛이 채 닿지 못한
그늘
그 끝엔 추억만큼
먼지들이 눌러 살고 있다

띵동!

차임벨이 고함을 외쳐댄다

띵동! 띵동!! 띵동!!!
나 좀 살려달란다

지긋했던
손맞춤을 떼는 순간
피어나는 찻김마냥
엔딩씬이 올라간다

한 잔
두 잔
네댓 잔

추려낼 수 없는
그 향을 찾으려
차임벨은 죽어간다

그 날
그 시간
그 끝을 떼지 않았다면
우린 지금 차 한잔을
같이 했을까

지문 곳곳 패여버린 먼지를
찻잔에 털어놓고
의자에 눌어붙은
몸을 털어낸다

차에 띄운 먼지는
재가 되었다

쓰디 쓴.

날개

"속눈썹이 참 길다."

네가 나를 비출 때마다
한결같이 하던 말이다

그럴 때마다
불거진 민망함에
괜시리 속눈썹을
접어 내리곤 했다

내 속눈썹은 날개였다
너라는 꿈속을 유영하는 날개

계속 피고 있으면
마음이 시려
여러 번을 피고 접다
결국엔 꺾여버린 날갯죽지

그 희미해진 죽지를
날개뼈가 박혀버려
신음하는 눈꺼풀이
그리워한다

그리운 만큼 하늘이
맑은 걸 보니
네게로 날기 좋은 날이다

잊혀지는 것들은
날개를 그리워한다

호수

한 방울
네 방울

흘리다 보니
호수가 되었다

조심스레
네게 가는
배를 띄운다

아무리 밀어내어도
이상한 듯
젖지 않는
방향을 잃은 배

단 한 방울
스며들 때까지
그 자리에 머무른다

내 눈물 모두 흘려
이 배를
머금는 그 날

나
호수 끝
너를 향해
난파되리라

파괴

살면서 나를 파괴시키는 이들이 있다

상처를 남기거나
고통을 입히거나
하는 그러한

억지를 삼키며
잊어내야만 할 것 같은
그런 사람들

그런 이들은
분명 잊는 게 좋으리라, 고
내내 다짐했었다

그럼에도 불구하고 나는
너가,
너가 나를 파괴했으면 한다

날 파괴할 기억이
네 안에 깊숙히 각인되고
영원히 지우지 못한다면
그걸로 만족하리라

이젠
나를 파괴시킬 권리는
오로지 네게만 있으니

그대,
나를 파괴해 주어라

목욕

물에 잠겨
네 생각에 젖는다

네 생각에 불어난
주름과 지문이 물에 풀리니
네게 가는 지도를 그린다

빠져 죽고 싶었다

공간 9. 비극중독증

"비극 중독증"

　나는 새로운 단어를 만드는 것을 좋아한다. 나도 모르는 발음을 입으로 머금은 채 한참을 혀로 뒤섞으며 곱씹어대다, 마구 뱉어냈을 때 처음 느끼는 그 어색함. 그 어색함을 좋아한다. 그 어색함을 충분히 느끼고 나면 그 단어를 사전에서 찾아본다. 제발 없길 바라는 초조함. 좋아, 이 세상에 없는 단어다. 아무도 모르는 새로운 단어를 얻은 기분에 검색창과 하이파이브를 한다.

나는 이러한 쾌감을 사랑한다. 그뿐만 아니라 아예 처음 보는 단어가 아니더라도 알고 있던 두 가지의 단어를 내 멋대로 조합해서 나만의 단어를 만드는 것도 좋아한다. 그렇게 새로운 단어를 만들고 나면 친구들과 대화할 때 선공개를 은근슬쩍 시도해 본다. 물론 처음 내뱉으면 "그게 뭔데?"라고 물어보기 일쑤다. 그 질문에 내가 새롭게 만든 단어라고 자신 있게 발표하는 순간, 친구들의 이상하게 쳐다보는 눈빛이란! 나는 사실 그 눈빛을 꽤 즐기는 편이라 내가 생각해도 가끔 나는 정상이 아닌가 하는 생각이 들기도 한다. 아무렴 어떠한가. 나는 단어를 만드는 행위가 소소하고 즐거운 습관이라고 생각한다.

그렇게 내가 만든 단어 중 "비극 중독증"이라는 단어가 있다.

사실 단순한 조합이다. 말 그대로 '비극'과 '중독증'을 합쳤는데, 뜻도 있는 그대로 두 단어의 의미를 합쳐 만들었다. 두 단어의 각각 정확한 사전적 의미는 이렇다.

첫째로, 비극의 사전적 의미.

"비극 = 명사. 1. 인생의 슬프고 애달픈 일을 당하여 불행한 경우를 이르는 말. 2. 연기 인생의 슬픔과 비참함을 제재로 하고 주인공의 파멸, 패배, 죽음 따위의 불행한 결말을 갖는 극 형식."

둘째로, 중독증의 사전적 의미.

"중독증 = 명사. 어떤 일이나 약물에 지나치게 빠져 중독을 일으키는 증상."

그러므로 '비극 중독증'이란 "인생의 슬프고 애달픈 일을 당하여 불행한 경우에 지나치게 빠져 중독을 일으키는 증상."이라고 말할 수 있다.

나는 왜 이런 단어를 조합했을까. 어쩌면 내가 사랑에 대해서는 '비극 중독증'에 빠진 사람이 아닐까 하는 생각이 들어서다. 사랑에 빠진 사람은 매 순간에 몰입하게 된다던데, 이상하게도 나는 사랑을 하는 순간보다도 헤어졌을 때, 즉 이별이라는 비극의 상황에 놓인 순간 더 몰입하는 나를 자주 발견하곤 했다.

이별을 했다.
세상 모든 것이 슬프게 보인다.
마치 내가 셰익스피어의 4대 비극의 주인공이 된 것처럼 모든 삶의 미장센을 비극이라는 테마에 맞춰서 살아간다. 내가 살아가면서 밟는 모든 공간이 공허해지며 비참해진다. 그것을 달래기 위해 슬픈 영화와 슬픈 노래의 늪에 빠져든다. 삶의 모든 면을 슬픔이라는 씬으로 장식한다. 그리고 그 결말은 절망으로 얼룩진 한 인간.

그렇게 슬픔에 허우적거리던 어느 날, 문득 그런 생각이 들었다. 어쩌면 나는 지금 이 슬픔을 즐기고 있는 게 아닐까. 혹은 깊은 슬픔 속에서만 나 자신이 진짜 인간이라는 것을 더 선명하고 강하게 느끼는 존재가 아닐까. "아아, 나는 비극에 중독되어 있구나."라는 슬픈 사실.

그러고 나서야 이 '비극 중독증'이라는 녀석에 대해서 비로소 관찰하기 시작했다. 객관적으로 한 발자국 떨어져서 이 녀석의 장점은 무엇인지, 단점은 무엇인지 분석해보고 싶은 욕구가 솟구쳤다. 신기하게도 내 삶을 한 발자국 떨어져서 지켜보니 비극에 중독된다는 것의 장점과 단점이 모두 명징하게 보였다.

먼저 장점. -이러한 점을 장점이라 할 수 있는지는 모르겠지만- 비극에 제대로 몰입된 사람의 행태는 완벽하게 극에 몰입되는 메쏘드 연기방식을 선택한 배우와 비슷해서 생각지도 못한 것들이 창조되기도 한다. 슬픔과 절망, 환멸과 우울 등 이별과 관련된 여러 가지 감정을 해소해야 하기에 그 결과물로서 새로운 것들이 창조되는 것이다. 특히 그 창조물들이 예술 작품일 때는 엄청난 빛을 발하는 경우도 있을뿐더러 이를 통해 진짜 경지에 이르는 사람 또한 존재하는 듯하다.

허나 진한 장점의 이면에는 진한 단점이 조용히 도사리고 있다. 특히 '비극 중독증'의 장점은 단점을 만들어내는 재료가 된다.

그 이유는 앞서 말한 비극의 사전적 의미 중 두 번째 의미를 보면 알게 된다.

"2. 연기 인생의 슬픔과 비참함을 제재로 하고 주인공의 파멸, 패배, 죽음 따위의 불행한 결말을 갖는 극 형식."

그렇다. 비극 중독증에 중독된 사람은 비극의 주인공 같은 삶에 스스로 빠지게 되므로 비극의 주인공처럼 불행한 결말을 자신도 모르게 추구하는 단점을 안게 된다. 사는 대로 생각하는 것은 위험한 일이라지만 생각하는 대로 사는 것도 위험할 수 있다. 그 생각이 슬픔으로 빼곡하다면.

물론 이러한 사실을 알아도 비극 중독증을 선택하는 사람도 있을지 모른다. 하지만 나는 이 지긋지긋한 '비극 중독증'에 중독되는 것을 말리고 싶다. 가장 큰 이유로 '비극 중독증'은 우리에게 선택의 자유를 빼앗아 가 버리기 때문이다.

세상 모든 사람은 누구나 스스로 행복을 선택할 자유와 권리를 가졌다. 하지만 '비극 중독증'에 중독된 사람은 선택의 판단 자체가 되질 않는다. 자신도 모르게 비극 자체를 즐기게 되어 빠져나오고 싶어도 빠져나오지 못하는, 살아있지만 가사(假死) 상태에 도달하는 것이다. 게다가 그 상태에 빠진 사람은 끝없이 가라앉게 되어, 자신이 슬픈 상황 자체에 중독된 사실을 모른 채 밑바닥을 치고 만다. 누군가는 가라앉는 삶은 밑바닥을 치고 올라오면 된다고 말하겠지만 슬프게도 밑바닥 밑에는 더 어두운 지하가 존재한다. 그래서 위험하다. 비극에 중독된다는 것은.

이러한 사실을 깨달은 나는 더 깊게 가라앉기 전에 선택해야만 했다. 나는 내 삶에 비극을 초래하고 싶지도 않았고, 살아있는 시체가 되고 싶지도 않았다. 그래서 내 삶을 제대로 정면으로 마주하기 위해 비극에 빠진 나에게 등을 돌리고 거리를 두기 시작했다. 나도 모르게 비극적인 상황에 몰입해서 행동할 때면 복잡한 생각이 들지 않는 단순한 행동을 취했다. 청소를 한다거나, 강도 높은 운동을 한다거나, 귀여운 아기와 동물 동영상을 본다거나, 맛난 음식을 먹는다거나. 그렇게 나는 '비극 중독증'과 천천히 멀어졌고 단순하게 살아가는 삶의 방식을 선택함으로써 보통의 존재가 되었다.

어느 책에서 보았던 한 구절이 떠오른다.

"설령 아무리 아름다운 것일지라도 그것이 슬픔이라면 사랑하지 말라."

속기 쉽다. 슬픔이라는 것은.

슬픔은 슬픔 본연의 아름다움을 지니고 있으며 그 채도가 무엇보다 진하다. 그렇기에 다들 싫다 말하지만 쉽사리 빠져버리며 아무리 마음이 단단한 이라 한들 그 아름다움에 빠지는 순간, 한참을 녹아내려 허우적거린다. 연약한 인간을 자신 안에 가두곤 다른 행복의 단어들을 선택할 자유조차 잊게 만드는 것이다.

나는 말하고 싶다. 진심을 담아.
이 세상 누구든 슬픔에 중독되지 않았으면 좋겠다고.
내가 쓴 모든 이별의 글이 누군가의 슬픔의 촉매제로 작용하지 않았으면 하는 바람을 가진다면 욕심일까.

시는 시고 글은 글이다.
슬픔은 슬픔이고 기쁨은 기쁨이다.
만남은 만남이고 이별은 이별이다.
삶은 삶이고 죽음은 죽음이다.

그저 단순하게 받아들이고 단순하게 살았으면 좋겠다. 세상에 모든 '비극 중독증'에 빠져버린 이들이. 그게 누구라 한들, '비극 중독증'이라는 단어를 사용할 만한 사람이 이 세상에서는 단 한 명도 없었으면 좋겠다. 설령 이 단어가 그 누구도 사용하지 않아 나만 알고 있는 단어로 비극을 맞이할지라도.

레모네이드

싸악~

시큼한 냉소가 섞인 탄산이
얼음과 치대 끼며 몸을 섞는다

달그락거리는 소리
빨대와 입맞춤 하는 소리에 맞춰
목젖으로 넘어가는 녀석들

크으~

왜 달싸한 것은
몸을 고통스럽게 하는 걸까

뻥 뚫리는 콧내음과
간지러운 천장의 깊은 끝

톡 쏘는 소리를
공기가 아직 머금은 듯
온몸이 싸하게 떨려댄다

차스한 공기 때문일까
톡쏘는 탄산 때문일까

급하게 다 마셔버린
커다란 글라스를 보는 내내
전신이 떨려온다

갑작스레
실소가 흘러나온다

톡! 쏘니
미친걸까

나를 떨리게 하는 것들은
나를 고통스럽게 한다
늘 미쳐버린 듯이

삼키는 내내
떨어대다
떨어뜨리다
털어내버린

너처럼

먼지

문을 열고 나와 보니
일기예보가 한 건 했다 싶다

미세먼지인가
초미세먼지인가

따뜻함을 품고 오는
뿌연 먼지에
모든 이들은 입을 막는다

입을 막으면
눈이 또렷해지던가

뿌연 먼지 사이로 보이는
빛의 부스러기들이
즐비하다

막은 입에 말을 못 하니
빛을 보는 시선에
오롯이 나를 쏟는다

너가 가고 난
뿌연 먼짓 날 속
가끔 보이는 너는
빛의 부스러기였다

두 눈 가득 줍고 싶었다

목욕 2

너를 보낸 후
물과의 시간은
참 길다

하루의 시작과 끝
멍하니 물줄기를 맞아내는
공백의 시간들

고요한 적막 속
물방울 반주가 스치는 그곳
죽고 살아나는 물의 지도들

한 방울 또 한 방울
한 맺힌 노년의 화가 마냥
막힘없이 그려낸 수만 개의 잉크 방울들

불어버린 손가락 끝
살아나려 매달리다
맺혀지는 물, 음표들

투명하게 말라버려
죽어버린 마음처럼
온 손 빼곡 가득 차버린

이 지도의 끝은 어디에 닿아 있을까

보이지 않는 연장선
그 끝
맞닿아있는 점

너였으면 했다

맥주

너와 맥주를 마실 땐
널 향해 맘을 기울여
거품을 따라냈다

너는 사라지는 거품을 보는걸
좋아했으니까

지난 너를 생각할 땐
내 안을 향해 기울여
거품을 따라냈다

너의 사라지는 기억이 다시금
떠올랐으니까

긴 시간을 마셔낸
오늘날
마음을 가라앉히고
그냥 따라본다

거품은 사라진 것이 아닐 거라고
떨리는 눈 감은 채
탁! 하고
따라보니
어느새 네가 넘쳐버린다

처음

"처음."

들자마자 설레던 단어잖아

엄마 손을 잡고 유치원에 가고
철없는 장난에 크게 혼이 나보고
친구들과 무대 위에 올라 남몰래 한
수줍은 노력에 박수받았던
그 처음들

그러다 운명스레
끌린 맘에 편지를 쓰고
떨리는 맘에 용기 내어 손을 잡고
나만큼 누군가를 좋아하는 마음에
눈물도 흘려보며 떠나보냈던
그 처음들

그 수많은 처음을 뒤로 한 채
앞을 바라보는 지금의 난
설렘 없는 처음의 하루를 시작해

조급한 마음에
너와는 반대인 사람도 만나보고
이유 없이 누군가와 시간을 보내고
허한 맘에 값비싼 술도 부어보는
그런 의미 없는 처음들 말야

비 오는 새벽 밤
간밤에 지나간 향기에 끌려
깨어난 어스름이 좋았던 그때
그 눈 시린 하루의 처음들

그 빈자리를 뒤로하고
또 누군가를 만나고
그저 그런 시간들을 보내고
아마 그렇게 또 하루의 처음을 맞이하겠지만

그때 그 처음을 떠올리는
매 순간 처음이 설렌다는 건
내가 아직 살아갈 의미가 있음을
말해 주는 것일지도 몰라

너를 처음 본 그 햇살 아래
네가 나를 보며
환히 웃던 그 날

그 처음
그 설렘
그 어여쁨처럼

물회 먹는 날

너를 만난 몇 번째 날이었을까

무엇을 먹고 싶냐 묻지도 않고
네 손을 움켜쥔 채 들어간 조그만 물회 집
원래 물회 집은 무례하게 데리고 가는 거라고,
특유의 너스레를 떨던 내 모습에
먹기도 전에 날씨가 시원해진다던 그날

"여기는 어떻게 아는 거예요?"
조심스레 묻던 네 질문에
밤새 찾아본 기억은 뒤로 한 채
머쓱하게 웃음으로 대답했던 그 날

말도 안 되는 내 농 때문인지
한겨울 추위에 불그레 진
조그만 손을 호호 불면서도
그 모습이 예쁘단 주인아주머니 말씀에
수줍게 볼그레 진 고개를 숙이던 네가
내 눈가에 서리처럼 채워져 버린 그 날

"다음에 너랑 다시 왔으면 좋겠어."

갑작스레 뱉은 내 말에
말없이 웃음을 지어 보이곤

"저도요."

사이좋게 세글자와 발을 맞추던
그 날, 그 겨울

"물회 먹으러 가요."
이젠 누군가 가볍게 물어보면
"전 물회 못 먹어요."
쓰던 웃음 지어 보이며
무거운 손사래 지어 보내는 이 날

네가 없는 오늘날.

공간 10. 오래된 노래

오래된 것들을 사랑합니다.

어렸을 적 읽었던 바래진 고전 명작 전집의 헤진 모서리를 좋아합니다.

어렸을 적 들었던 늘어진 테이프와 LP, 카세트와 전축을 좋아합니다.

어렸을 적 찍었던 희미한 날짜가 찍힌 필름 사진이 가득한 앨범을 좋아합니다.

어렸을 적 입었던 색이 바래고, 낡아버린 퀴퀴한 옷 냄새들을 좋아합니다.

어렸을 적 먹었던 어머니가 끓여 주신 꽃게 찌개의 향과 맛을 좋아합니다.

어렸을 적 보았던 더운 날 마당의 잡초와 꽃들, 그 위로 뿌려지는 물줄기에 반사되던 햇빛 부스러기를 좋아합니다.

생각하고 생각하다 보면 끝이 없습니다. 오래된 것들이 주는 특유의 느낌은 따뜻하고 노곤해서 깊은 잠에 빠진 것처럼 생각을 떠올리다 보면 나도 모르게 시간이 훅 가 버리거든요.

지난 저의 사랑을 생각하는 것도 이와 같았을까요?

지겹게도 시간이 가지 않던 의경 복무 시절, 수백 번 들었던 노래가 하나 있습니다. 가수 김동률 씨의 '오래된 노래'라는 곡인데요. 제가 복무했던 부대는 24시간 교대근무와 하루의 스케줄이 매일 변경되는 곳이어서 그런지 저는 늘 불면증을 앓았습니다. 안 그래도 생각이 많던 저에게 최악의 생활 패턴을 선물해 준 곳이지요.

그 시절, 저는 잠이 오지 않는 밤이면 '오래된 노래'라는 곡이 담긴 낡은 MP3플레이어의 재생 버튼을 매일 눌렀습니다. 잠이 오기를 간절히 기도하며 이 곡을 반복해서 듣고 있노라면 저를 스쳐 간 따뜻했던 수많은 추억이 떠오르다 그 따뜻함에 잠긴 채 어느새 잠이 들어버린 적도 많았거든요.

그래서일까요?

이 곡의 가사를 곱씹다 보면 따뜻한 추억들에 기분 좋을 때도 많았지만, 걱정도 함께 불어났습니다. 당시에 저는 지겨운 복무시간을 보내기 위해 습작을 많이 쓰게 되면서 언젠가 꼭 나의 책을 내겠다는 꿈을 키웠었는데요. 그런 꿈을 키우다 보니 이 곡의 가사 몇 줄이 저의 마음을 괜스레 복잡하게 만들더군요.

그 가사 몇 줄의 내용은 이렇습니다. 화자가 이별 후 사랑하는 이의 추억을 담아 노래를 만들고 그 노래가 라디오와 길거리에서 흘러나옵니다. 그 추억을 생각하며 노래를 하다 보니 문득 걱정됩니다. 그 곡을 듣는 이별한 연인의 기분은 어떠할지, 지난 이별의 감정이 행여나 상대방을 더 힘들게 하는 것이 아닐지 하는.

저 또한 그랬습니다. 제가 쓴 시와 글들은 상상에서 시작한 시들도 있지만, 대부분은 저의 삶을 태워서 썼으니까요.

저의 표현과 묘사들이 행여 상대방을 괜스레 힘들게 만드는 것이 아닐까 걱정했습니다. 사실 제 글을 평생

보지 않을 수도 있겠지만 뒤늦게 우연이라도 제 글을 보게 된다면 혹 마음이 더 상하지 않을까 하는 생각들로 자주 미안함을 느꼈지요.

그래서 이 책의 수록된 이별 시들의 원고를 탈고하는 마지막 순간까지 끊임없이 고민했습니다. 이 시들을 수록하는 것이 좋은 책을 만드는 것을 떠나서 내 삶에서 옳은 행동인지 아닌지를. 물론 고민하면 고민할수록 더 생각이 복잡해지는 것을 어찌할 수는 없더군요.

그러한 고민의 끝에 결단이 서게 되었습니다. 제가 쓴 이별 시들 중에서 가장 진심이 담긴, 가장 진심에 가까운 상태였을 때 쓴 시들을 담기로 마음먹었거든요.

물론 그렇게 골랐음에도 과거의 사랑했던 사람에게 미안한 마음을 지울 수는 없습니다. 괜히 추억을 파는 기분이라 말한다면 정직한 문장일까요? 제가 미안한 마음을 지울 수 없는 이유는 이 미안한 마음을 지우게 된다면, 지난 제 사랑의 추억도 지우는 기분이 들 저를 잘 알기 때문입니다. 나이가 들어가면서 제가 원치 않더라도 지난 사랑의 추억들은 바래고 희미해질 테니, 저는 미안한 마음을 간직해서라도 기억하고 쓰려 합니다. 기억할 수 있다는 것만으로 그 추억들은 분명 가치 있는 존재일 테니, 그 가치의 부산물이 저의 시라는 생각을 하거든요.

오랜만에 늙은 서랍을 열어 낡은 MP3플레이어에 이어폰을 꽂아봅니다. 재생 버튼을 누르고 볼륨을 올려보는데 귀가 먹먹합니다. 배터리가 방전되었는지 화면의 전원 불이 들어오지 않고 망설이는 듯합니다. 섭섭한 맘에 땔감이 부족해 불이 꺼졌나보다 하며 그러려니 하는데, 눈을 감으니 그때 그 노래가 들려옵니다.

따뜻하고 소박했던 오래된 노래가.

 3부

나

그리고

삶

기억

"누구를 생각하며 쓰신 글들인가요?"

솔직히 말하자면
저는 제가 만났던 모든 사람을 사랑했던 것 같아요
그리고 다시 한번 생각해보면
저는 그 누구도 제대로 사랑하지 못한 것 같아요

사랑에 제대로 답하지 못해서,

그래서
글로밖에 말할 수 없는 것 같아요

무명배우도 배우잖아요

보험사이트 회원가입을 하다
턱 하니 직업란에 오감이 멈춘다

좌르륵 내려가다 걸려버린
마우스 포인터 끝에
내 마음도 결린 걸까

오르락 내리락
혹시 잘못된 걸까 하는 생각에
초조히 눈빛을 내리꽂아도
'배우' 란은 없다

아, 이게 그건가! 하는 생각에
말라 부르튼 입술로 읊어본다

예술종사자

오, 그럴듯하다
그렇다면 나는 예술종사자인가
무직인가

"직업이 어떻게 되세요?"
"배우, 입니다."
"우와, 못 본 거 같은데 어디 나오셨어요?"
"어, 그게⋯⋯."

점 6개 속,
움츠려진 내 마음은
생활비와 커리어의 거리
그 가운데 어딘가 멈춰선 채로
소리 없는 아우성을 외치게 만든다

"무명배우도 배우잖아요."

오늘도 나는 배우라는 삶 속
보이지 않는 살점을 깎아
점으로 옹알이를 찍는다.

사랑하는 법

일평생
그 무엇도
가벼이 사랑하지 않으려
매 순간 온몸에
힘을 꽉 주고 살다 보면

맘을 가벼이 해주는
무언가를 늘 사랑하고 있더라

슬픔이 만연한 십오 초

심보선 시집과 함께
길을 걷다 생각이 들어섰다

한낮 한겨울 태양이
저리 높이 쬐는데 왜 이리 추울까
왜 내가 걷는 길목 구석구석은
슬픔으로 그림자가 가득 찰까
왜 내 맘속은 공허한 십오 초조차
허용하지 않을까

아마 심보선 시인의 말처럼
태양이 낮달 몰래 가슴을 쥐어짜서 그런가 보다

낮달은 알고도 모른 척하는 거겠지만서도

멍

지하철을 타고 녹슨 바닥을 보며
온 세상 구석구석에 멍을 때린다

주인을 잃은 머리카락들이
서로 엉켜안고 나뒹굴고 있다

마치 전쟁통의 연인들처럼

한낱 머리카락도 저리 구는데
왜 사람들은 서로 못 죽여 안달일까

온 세상이 내 구석구석에 멍을 남긴다

어른

할머니가 그랬다
착하게 사는 게 얼마나 착한지
어른이 되면 알게 될 테니까
걱정하지 말라고

엄마가 그랬다
열심히 사는 게 얼마나 열심인지
어른이 되면 알게 될 테니까
걱정하지 말라고

아빠가 그랬다
슬픔을 삼키며 사는 게 슬픔인지
어른이 되면 알게 될 테니까
걱정하지 말라고

지금
모든 것을 아는
어른이 된 나는
아무것도 모르는
어른이 되었다

그러한 나는
내가 되지 못하고
어른도
별도

꽃도
바람도
그 무엇도

아무것도 되지 못하는
어른이 되었다

공간 11. 지금 어른으로 살고 계십니까?

　　나이 든 유명배우분의 인터뷰를 영화 잡지에서 본 적이 있다.

　　"나이가 들어 어른으로 사는 것이 왜 서럽고 힘든지 아세요? 내 감정과 마음 상태는 어렸을 때 마음 그대로라 상황에 따라서는 너무나 힘들고 서러운데, 나이라는 숫자 몇 개 때문에 너무 힘들어도 티를 못 내요. 그게 가끔은 너무 서럽더라고요. 나이 든 어른으로 살아간다는 것이….."

이 인터뷰를 읽고 큰 공감에 고개를 절로 끄덕였다. 그리고 잠시 후, 공감했다는 사실이 "나조차도 그렇게 살아가고 있구나!"라는 깨달음을 만들며 끄덕이던 고개를 멈추게 했다.

"어른으로 살아간다는 것은 서럽고 힘든 일이 있더라도 무덤덤하게 흘려보낼 줄 아는 것."

머릿속에 스며든 한 문장. 이 문장은 이상하리만큼 심술이 나는 동시에 많은 생각을 떠오르게 했다.
"어른이라는 이유만으로 왜 무덤덤하게 서러운 것들을 흘려보내야만 할까?"
"애초에 나이라는 것은 왜 존재할까?"
"경험을 통한 성숙함의 총량과 외면의 모습만 변할 뿐이지, 본래의 우리가 가진 성격과 본성, 본질은 같을 터인데 왜 우리는 나이라는 것으로 자신을 소개해야 할까?"
등등의 수많은 생각들.

그러한 서럽고 섭섭한 생각들로 "어른"이라는 시를 썼다면 어른스럽지 않은 서투른 행동일까.

세상 모든 사람은 각자만의 전쟁을 하면서 살아가고 있다. 때로는 이기기도 하고 지기도 하면서. 그러다가 가끔 크게 질 때면, 슬픔에 허우적거리면서도 어른이기에 티 내지 말아야 한다며 다시금 전쟁에 참여한다. 그래서 세상 모든 사람이 슬픔을 삼키고 산다는 연민이 들었다. 마음 한편에 여리고 슬픈 마음을 재워 두어야 다시금 전쟁터로 나가 일을 하고 돈을 버는, 흔히 말하는 어른의 모습으로 하루를 버텨낼 수 있을 테니까.

나는 정말 이런 어른이 되고 싶었을까.
어렸을 적, 내가 되고 싶은 어른의 모습은 어떤 모습이었을까.

별과 같이 반짝이지는 못하더라도
꽃처럼 향기롭지는 못하더라도
바람처럼 자유롭게 날아다니지는 못하더라도
그저 자연스럽게 살아가는 존재

지금의 나는 내가 꿈꾸던 '자연'스러운 어른으로 살아가고 있을까.

지금부터라도 더 작정하고 결심을 해야겠다. 내가 싫어하는 어른의 모습이 되어 훗날 아이들을 가르치지 않도록, 당분간 더 철들지 않고 있는 그대로의 내 영혼을 태워 살아가리라. 나 스스로 납득할 수 있는, 내가 원하던 어른의 모습이 되어 따뜻한 불꽃을 하늘에 피워 날리도록.

하루라는 전쟁이 끝난 늦은 저녁, 고민이 있어 털어놓던 친구에게 한 어른이 말을 뱉는다.

"철 좀 들어, 그게 어른이야, 인마."

나는 왜 이 짧은 말과 상황 속에서 내뱉는 사람과 듣는 사람, 그리고 이 상황을 가만히 지켜보는 나를 포함한 모두가 슬프게 느껴질까. 과연 우리는 모두 진심으로 말하고 듣고 있을까. 철들고 싶지 않은 '어른아이'인 내가 느끼는 미성숙한 부끄러움일까.

그럼에도 불구하고 가끔은 나를 포함하여 스스로 어른이라 칭하는 이들에게 진심으로 묻고 싶다.

"지금, 어렸을 때 꿈꾸셨던 자연스러운 어른으로 살아가고 계십니까?"

꿈

좋은 남자
좋은 남편,
좋은 아빠,
좋은 어른,
좋은 사람.

백 그리고 석

하아얀 벽 사이로
빗바람의 찬내가 스쳐 갈 때
슬픈 옹알이를 머금은 듯
새벽의 희바래진 입술 사이로
차마 못 털어낸 잔적을
흘려 넣으며
그를 읊어본다

그곳과 이곳

1.

나는 매일 그곳에 서 있다

그곳에 서서
그곳을 바라보노라면
많은 것들을 안게 된다

그곳에 나뭇잎은
늘 혼자 색이 다르다

봄
여름
가을
겨울의 끄트머리까지
지켜봄에도
늘 색이 다르다

그래서 어여쁘다는 생각을 했다
이상하리만큼 어여쁘다는 생각을 했다

2.

나는 매일 이곳에 피어 있다

사람들은 꽃만을 보고 지나갈 테지만
나는 내가 피어남을 안다

매일 이곳에 서서
이곳을 바라보는
누군가가 있다

이곳에 온 사람들과는
늘 색이 다르다
멍하니 잎들을 바라봐주다
나 또한 물끄러미 시선에 안아준다

봄
여름
가을
겨울의 끄트머리까지
지켜봄에도
늘 안아주었다

그래서 어여쁘다는 생각을 했다
이상하리만큼 어여쁘다는 생각을 했다

3.

타인과 다름은 늘 고독을 동반한다
못내 슬픈 것은
내가 살아온 이곳에선

다름이 어여뻐 보일 일이
그리 많지 않다는 것이다

그럼에도
그곳의 잎은
늘 피어 있었다

4.

타인과 다름은 늘 고독을 동반한다.
못내 슬픈 것은
내가 살아온 이곳에선
다름이 어여뻐 보일 일이
그리 많지 않다는 것이다

그럼에도
이곳 저 누군가는
늘 안아주었다

5.

나는 저 잎으로

6.

나는 저 사람으로

7.

미움받는 것이
쉴 곳 없는
세상의 끝

그곳과 이곳에서
너와 나
함께
어여삐 생을 내쉰다

어른 2

어른이 된다는 것은
세상을 더 잘 보는 것이 아닌
어른거리게 볼 수밖에 없는 것임을
아는 것이다

어린 눈 속
선명히 깃든 것들이
보이다 말다
희미함에 물결 지어
어른
거리는 것임을

일어섬

시를 쓰고 싶어
멍하니 껌뻑거리다
매트에 몸을 뉘여
머릿통을 장판 속에 묻는다

그러다 보면
머릿통이 장판을 먹는건지
장판이 머릿속을 먹는겐지
도통 알아챌 수가 없다

누군가 말마따나
산다는 건 운명의 뺨에
울부짖는 행위라던데

엿 같은 삶이 얼마나
사포질로 쓰다듬었는지
목젖은 소릴 짜낼 수가 없다

사실 내 시는 누운 시다

우울하고 축 처지며
진지하고 어둑스럽다

그러하니 모질란 내가
휘갈겨댄 시적 감각이
삶의 우울을 배가시켜
푹푹 뉘여지게 할지라도

그대
아직 일어나기 싫다면
털지도 박차지도
일어나지도 말고
더 뉘인 채로 읽어 주어라

일어나고 싶을 때
일어나겠지

나도 너도
우리 삶도

그럴 수 있지

"그럴 수 있지, 라는 말 말이야

생각해보면 참
비겁한 말인 것 같아

무슨 일이든 깊이 생각해보면
나름의 답이 나올 수 있는데
그러려니 넘겨버리는 거잖아

매번 그렇게 넘겨버리는
사람들은 대체
무슨 생각으로 사는지
모르겠어,
그렇지 않니?"

당신의 말들 내내
내 고개는
끄덕, 끄덕,
속에서 말들을 섞다
꿈틀거려요

"그래, 그럴 수 있지…."

공간 12. 오지라퍼

머리가 아픈 세상입니다. 그럼에도 이 세상을 나름의 방법대로 살다 보면 원치 않는 조언을 받아들여야 할 때가 더러 있습니다. 물론 그 조언과 충고를 감사하게 받아들이려고 매사 노력하는 편입니다만 아쉽게도 자신만의 기준과 잣대로 조언 아닌 조언을 해주는 사람들을 만날 때면 마음의 무게추가 무거워져 온몸이 축 늘어집니다.

자신만의 기준과 잣대로 조언 아닌 조언을 해주는 사람들.

흔히들 "오지라퍼"라고 부르더군요. 물론 그들이 하는 행동이 타인을 위하는 따뜻한 마음에서 시작한 것이라 믿고 싶기에 그 마음에는 동의하는 편입니다만, 걱정을 표방한 간섭은 위험하다고 생각해요. 특히 저와 같은 타입의 사람에게는요.

저와 같은 유형의 사람은 인생이 지치고 힘들어졌을 때, 고민을 타인에게 말하는 것조차 고민하는 유형입니다. "이 친구에게 이런 이야기를 해도 되는 걸까? 괜히 친구가 불편하려나? 내 부정적인 기운을 이 친구에게 굳이 이야기함으로써 전해줄 필요가 있나?" 이런 생각까지 하거든요. 이렇게 끝없이 고민하다가 결국 이야기를 할 때가 되면, 사실 이미 스스로 답은 정해 놓은 상태일 때가 많습니다. 그럴 때면 이야기를 하지 않거나 염치 불고하고 조심히, 가볍게 이야기를 꺼내는 편이지요.

아마 묵묵히 들어줄 사람이 필요한 것이겠지요. 참 아이러니한 건 이렇게 속이 연두부처럼 잘 부서지는 제가, 기대하고 욕심을 부린다는 겁니다. 그렇게 힘든 고민의 끝에 이야기를 힘겹게 꺼냈을 때, 자기만의 잣대로 훈장질을 하는 사람들이 "너를 위한 걱정이야." 라며 오랜 시간 충고를 나열할 때면 마음이 가라앉습니다. 물론 저의 잘못임을 잘 알지만, 조언을 듣는 입장에서는 묵묵히 참고 듣다가 끝내 받아들이지 못하게 될 때, 또 다른 잣대가 생길 수도 있다는 걸 상대방은 알고 있을까요? 고민이나 문제를 이야기하는 사람들은 그냥 들어 달라고 한 것인데 말이에요.

결국, 이러한 일들이 뫼비우스의 띠처럼 반복되다, 부정적이고 힘든 고민은 누구에게도 이야기하지 않고 혼자 숨아내는 사람이 되어버리고 말았습니다. 물론 누구의 탓도 하지 않아요. 오롯이 저의 잘못된 선택에서 왔다는 생각을 합니다만 어린 마음을 가진 자신에게 섭섭할 따름이지요.

지난날, 제가 지나온 수많은 순간을 눈을 감고 떠올려 봅니다.

행여 내가 누군가의 고민이나 힘든 이야기를 들을 때 그런 태도로 상대방을 마주했는지를. 상대방의 힘든 부분을 보듬어주는 게 아니라 나의 지식을 과시하고 싶었는지를. 그와 동시에 다시 한번 역지사지를 떠올려보며 반성하고 다짐합니다. 누군가가 누구에게도 이야기하지 못하는 힘든 이야기를 조심스레 내게 털어놓는다면 조언보다는 오랜 시간 동안 묵묵히 들어주는 내가 되기를. 혹은 그냥 한번 말없이 안아줄 수 있는 내가 되기를.

오랜 친구에게 전화가 왔습니다.

다니던 직장을 인간관계 문제로 그만두고 힘들다며 토로합니다. 누구에게도 이야기할 수 없는 고민 탓에 아픈 강아지처럼 끙끙 앓으며 며칠 밤낮을 쪽잠으로 설쳤다고 했지요. 하지만 저는 예술을 전공한 탓에 아르바이트와 강사 경험만 있어 감히 회사생활에 대해 함부로 말할 수 없었습니다. 대신 입을 조용히 다물고 묵묵히 친구의 말에 반응만 하면서 오랜 시간을 들어주었어요. 대신 이야기 끝에는 고생했고 너무 수고했다는 말을 꼭 붙였지요.

통화의 끝에서 친구는 진심으로 고맙다고 말했습니다. 오늘 밤은 누군가에게 이야기한 덕에 잠이 너무 잘 올 것 같다고, 제가 고민을 해결해 주었다고 말했지요. 아무것도 모르는 저는 다만 들어주었을 뿐인데, 해결을 해주었다니 참으로 신기하고 또 신기했습니다.

친구와의 오랜 통화를 끊고 창문 밖을 바라보는데 동그란 달이 밝게 떴습니다. 마치 "아주 잘했어, 내가 봤어!"라고 말하는 듯한 달빛의 손길이 곳곳에 적셔 듭니다. 제가 보는 이 밝은 달을 친구도 봤으면 좋겠습니다. 그리고 친구에게도 잘했다고 말해 주면 좋겠습니다. 오늘 밤만큼은 달빛을 안고 밝아진 마음으로, 편히 잤으면 하는 마음을 달을 향해 실려 보내 봅니다.

저와 제 친구처럼 수많은 인간관계에 치이며 힘겹게 사는 세상 모든 이를 위해 이 따뜻한 달빛을 글자에 서리게 하고 싶습니다. 이 글에 밝은 달빛이 잘 서려져 보일지는 모르겠지만, 여린 마음으로 사는 많은 이들에게 전달되어 오늘 밤만큼은 모두 따뜻한 기분에 잠이 들었으면 합니다. 저 동그랗고 밝게 빛나는 보름달의 미소를 지닌 것처럼.

노인

길을 걷다
갑자기
툭,
발자국이 일을
멈춘다

곤히 땅을 바라보는
한 노인의 모습에
시선과 발걸음이
약속이라도 한 듯
휴식을 가진다

원래의 삶을 잊어버린
자그마한 삶

세월을 올바르게 걸어옴이
무색하게
뒤돌아보니 굽어버린 등

따스하고 빠알간 햇빛이
무안하게
흙빛 그늘이 지는 주름들

잔잔하게 퍼지는
물결이 떨리듯
곤히 흔들리는
눈가의 깜박임
콧잔등의 숨결
입가의 옹알이

그 떨리는 삶의 진동은
차가운 아스팔트 위
쓰레기를 향한다

주변을 둘러보던 그

늘 그래왔듯
꾸겨진 우유곽을
선두로 항구를 향해
항해를 시작한다

터벅 처벅
터얼썩 철썩
쾅!

터져버린 우유곽이
구겨진 채 쓰레기 항에 가닿을 때

멈춰진 시계바늘처럼 저리던
내 심장이 용두를 눌러 댄다

아,
나는 정말 아무것도 모른다
아무것도 몰라
모른다 몰라
나는 내가 아무것도 모른다는 사실을
알아버리니

나는 이제 가뿐한 잰걸음으로
알아가련다

당신을
세상을
그 깊은 삶을

챔피언

아프신 아버지
병실 안 침대 위에서
엎치락 뒤치락
온종일 씨름하신다

그 모습 바라보노라면
소리쳐 한판승을 외치고 싶다

당신은 늘 인생의 승자였다고

나비

거실 한가운데
지치신 어머니
몸을 뉘고 숨을 내쉬신다

눈가에 스치는
그녀의 움츠림
마치 나비의 애벌레 같아
마음이 아리다

그녀는 나비일까 애벌레일까

오랜 날 태어나
오래 살아와
오래 슬퍼하다
오래 우울하여
오래 아파하나
오래 기뻐하다
오래 사랑해왔을 터인데

늘 내 눈에 스치는
어머니의 모습은 왜 생경할까

날개를 펴지 않은 애벌레로 태어나
날개를 뽑지 못한 나비로 살게 된 그녀
그 날개는 어디로 사라졌을까

그녀가 무거워진 어깨를 덜어
사라진 날개를 펴게 될
그 날을 위해
꿈을 간직해본다

이번 생,
어머니의 꽃이 되어보겠다고

곡선

지하철 조그만 어귀
한구석
삶의 끝자락에 지쳐
서 있는 노부부

청춘의 바다를
헐벗은 몸으로 지나쳐 온
청년이 그들을 부른다

지치고 헐벗음에도
고이 간직해 온 따뜻한 마음
조심스레 꺼내어 양보를 선물한다

감사함과 미소를 띤 노부부
긴 세월의 깨달음 때문일까
조심스레 받은 양보
따뜻함이 식기 전에 서로에게 선물한다

"당신이 앉아요."
"당신이 더 피곤하잖소."

따뜻한 사랑의 줄다리기는
한참을 달려
피곤한 아내의 항복과
주름진 남편의 미소로
종착역에 멈춰 선다

지하철 한 어귀
세 개의 점이 존재한다

아내 한 점
남편 한 점
청년 한 점

조그만 공간이
커다란 세 개의 점으로 이어진다
그어진 선은 삼각형이 되고
마음이 번진 곡선이 되어
곧 사랑의 모양이 되리라

세상의 원형은
점과 직선이 아닌 곡선이리라
선한 사랑이리라

암연

선명한 암연 속
커튼을 죽이고 들어온 빛이
눈의 날개를 지그시 누른다

시계의 나침반을
흘려버린 흐릿한
네 평의 공간 속

정제되지 않은 분단
떠돌아다니는 사념
움직이는 손가락들

죽지도 않아,
그렇다 해서
살아 날뛰지 못할
그들의 수많은 암투가
오가는 이곳

그 공간의 무게가
사람을 짓이겨낼 때가 있다

쓰다 그리고 달달하다
사람이 짓이겨져 나온 즙은

인간의 혀로는
차마 적실 수 없기에
신들의 음료인 것

신들의 혓바닥 끝
그 암연의 향을 맛본 위인들은
자신을 착즙한 색으로
시계의 저울을 부숴버린다

범인들이 맛보지 못할
그따위 것들 때문에
암연 속 공간은
늘 굴레의 비명으로
가맣게 점철되는 것

시침과 초침
갈라진 혀끝
암연 속 저울추

그 차가운 거래에
달궈진 즙이
여과 없이 흘러나온다

따뜻하고 검빠알갛게

자화상

이 새벽에 깨어 있는 이가 누가 있을까 하다
언젠가 미뤄 세워 둔 외로움에 짐짓 놀라
뒤를 돌아보면
나를 위하는 뒷짐 진 당신들이 있네

백석 윤동주 심보선 나태주 문정희 황인숙 박연준 이병률

…….

놀랍게도 그토록 무서운 시간에
당신들이 서 있어 줌에
내 겁 없이 하늘에 대고 자화상을 써 내려가네

그럼에도 보이는 건
저 먼 하늘에 빛나는 별뿐이니
지나가는 달에 대고 인화를 졸라댄 새벽이라네

나는 이토록 생각 없이 써 내려가네

아마 손 볼 생각을 못 하니
멍하니 내려써서 발을 바라본다네

이 풀려버린 눈도장 하나로
내 시를 읽어 줄 그대들이
내가 말할 수 없는 모든 것을 알게 됐으면

공간 13. 온 세상 모든 작가분들께

감사합니다.

저의 글이
살아 숨 쉴 수 있게
영혼을 나눠 주심에.

예술가

예술?

솔직히 지금도
뭔지는 모르겠어

설령 평생 모를지라도

예술가는
무언가를 온전히 사랑하는 사람인 것 같아

배설

내 살아오면서
수없이
배설하고 살았네

싼다, 라는 표현이
직설적임을 알지만
이것은 시 아닌가

내 남몰래 숨겨놓은
허울이란 녀석을
슬며시 온몸에 두르고
배설을 한번 해봄세

내 갓난아이였을 때
옹알이 치는 것과
소화된 찌꺼기의
형태가 구분되지 않을 때부터
나는 배설을 시작했다네

삶이라는 언어적 예술을 말일세

그렇게 나는 긴 시간
배설해 왔다네

사랑이란 말로
예술이란 말로
그녀라는 말로
삶이라는 말로
죽음이란 말로
끊임없이 반죽하며 내뱉었다네

아마
나는 죽기 전까지
끊임없이 배설하고 후회하겠지

그래도 나는 시를 쓸 생각이라네

생각해보면 시라는 것은
인간이 뱉는
모든 배설물의 향기가 아닌가

내가 배설을 멈춘 후
세상 끝
흙으로 돌아갈 때
이 향기는 홀씨 되어
세상을 떠돌 것이라네

그게 바로
내가 배설해 온
살아있는 내 시라네

쓰기

초등학생 때 선생님이 내 일기장에 적으셨다

시를 잘 쓰는 남자는 멋져 보인다고
시인이 되어보라고

나이가 들어버린 지금은 주변에서 그러더라

돈을 잘 쓰는 남자가 멋져 보인다고
부자가 되어보라고

아무것도 못 쓰는 나는
그냥 한 인간으로 쓰이고 싶어

인간이 돼보겠다고

남은 한 생을 발버둥 친다

새벽

난 어둠이 참 좋다. 그러니 새벽에 잠들지 못 헌다. 나는
이따금 자주 새벽에 멍하니 내 어둑스런 방에서 야경과 밤
달이 주는 여운을 만끽한다. 그러다 보면 눈물 가에 고일
만한 기억들이 창가에 스치니 그것 또한 내내 흠뻑 겪스럽
다. 자주 낮햇빛에 겨운만큼 밤달빛이 내겐 눈물겹다. 문
득 심보선 시 끝 두 행이 떠올랐다. "어디로든 발걸음을
옮겨야 하겠으나 어디로든 끝간에는 사라지는 길이다."
내 새벽은 즐비한 듯 늘비하다. 푸르스름한 듯 불그스러운
아직 여물지 못하여 홀로 농익은 듯, 앙다문 붉은 꽃의 푸
른 향스럽다. 아마 나는 죽기 전까지 이 색을, 이 여운을
사랑할 테다.

틈

글을 쓰다
카페 곳곳에 풍겨 나는
와플 냄새에 눈이 뜨인다

달콤함 덕에
노트북 화면 구석구석
꽂아 내리던 눈이 떠질 줄이야

늘 앉는 창가 자리
와플 한입 베어 물다
바깥 거리 한 움큼 삼켜본다

눈가에 묻어나는 부스러기
흔들리는 나뭇가지들
우직히 박힌 전봇대

똑닥 뚝닥 쿵쿵 콩콩
묻어나는 걸음소리들
매번 맛이 다르니
귓볼이 간드러질 수밖에

멍하니 삼켜내다
타버린 아스팔트
바삭거리는 깊은 틈
이내 눈이 멎는다

이 지역 조련사들이
아스팔트 갈기를
안 다듬은 것인가

궁금스러워 틈과 눈싸움을 벌여본다

누구나 살다 보면 반죽하다 생기는
거대한 혹은 얄쌍한

틈

너무 메우고 싶어
행복이란 포장지를
씌워 덮어봐도
메꿔지긴 커녕
매몰되어 버린

기억의 공간
그 사잇 틈

그 틈들은 죽은 듯
조용히 살다가도
언제 그랬냐는 듯
입을 벌려 대는데

저 틈이 나 같아서인지
내가 저 틈 같아서인지

흔들리는 동공이
갈라진 아스팔트 틈 매무새에서
좀처럼 시선을 떼어내지 못한다

내가 이리 평생 쳐다봐주면
그 틈이 행여 메꿔지지 않을까 하는
헛된 바람들

그 틈 끄트머리에 매달려
눈을 맞잡은 채로

아,
안아주고 싶다

메꿔내지 못한다면
부여안고 콱! 굳어버렸으면.

기피

깊이 알지 못해서 기피하는 것

공간 14. 기피의 깊이

내가 싫어하는 것들을 떠올려보자.

좋아하는 것들이 쉽사리 떠올려지는 것과 달리 이상하게도 금방 떠오르지 않는다. 그래도 이왕 마음먹은 거 억지로 입술을 짓이기며 떠올려 본다.

도화지 종이의 서걱거리는 질감
아주 더운 날 느껴지는 습한 끈적임
초밥 먹을 때 곁들이는 핑크색 생강 초절임
의미를 모르는 어지러운 놀이기구
이름을 모르는 수많은 크고 작은 벌레들
초면에 무례하고 예의가 없는 행동
뒤통수치는 사람

이 외에도 수많은 것들이 있지만 지금 당장 떠오르는 것들은 이러하다. 나는 나의 취향에 관해서 만큼은 굉장히 선명한 사람으로 자부했던 지라 쉽사리 떠올릴 수 있다고 생각했건만 생각보다 시간이 꽤 들었다. 좋아하는 것을 떠올릴 때 설레던 기분과는 달리, 싫어하는 것을 떠올릴 때는 왜 이리 뇌세포들이 움직이기를 귀찮아하는지.

나는 이러한 것들을 왜 싫어하는 것일까.
물론 직접 경험한 것들이기에 확답할 수 있었지만 당장 떠오르지 않는 다른 것들은 제대로 겪지 않고 싫어하게 되었을지도 모른다. 그래서 나는 싫어하는 것들에 대해서 깊이 있게 알고 싶다는 욕심이 든다. 무엇이든 심도 있게 알아야만 제대로 판단을 내릴 수 있지 않을까. 또한, 알고 보면 내 생각과는 달리 나의 취향과 의외로 맞는 보물을 찾을 때도 있다는 경험적 믿음에서 온 것이리라.

몇 해 전, 다니던 대학의 축제가 열렸을 때, 미대 전시회를 보러 간 적이 있다. 사실 일부러 시간을 빼서 전시회를 보러 간 것이 아니라, 학교 주점이 열리기 전에 친한 동기와 남는 시간을 채우기 위해 방문했었다.
아마 재미가 없었던 듯하다. 뭐 하나 아는 게 있어야 재미있게 볼 수 있을 텐데, 미술에 관해서는 교과서에서 본 게 전부인 나와 동기는 가벼운 가십거리를 이야기하다 마침내 한 작품에서 발자국을 멈추고 입을 열었다.

"대체 이런 게 뭔 의미가 있지. 특히 별거 없는데 비싼 작품들 있잖아. 괜히 힘주고 폼만 잡은 거 같은 것들. 멋없더라, 나는. 그냥 자리나 미리 맡고 술이나 마시자."

뭐 대충 이러한, 생각 없는 녀석들의 가벼운 대화였다. 지금 생각하면 낯부끄러워 귀가 빨개질 것 같은 대화인지라, 건방지고 오만했던 지난날의 나에 대해서 그저 반성하고 싶다. 하지만 그 당시에 너무나 무지했던 우리로서는 시간을 때우기 바빴고, 중요한 건 술자리였기에 급히 대화를 멈추고 뒤돌아섰다.

바로 그 순간!(살면서 가끔 겪는 이상한 타이밍의 순간들!)

우리 바로 뒤에 그 작품을 연출하고 만든 학생이 안내 목걸이를 목에 걸고 조용히 서 있었다. 몇 해가 지난 지금도 나는 그 학생의 쓸쓸하면서도 경멸하던 눈을 잊을 수 없다. 아마 나와 내 동기에 대한 부정적인 시선뿐만 아니라, 자신의 노고가 들어간 작품을 무지로 인해 기피하는 현상에 대해 섭섭함과 분노가 일렁인 게 아니었을까 생각한다.

하지만 역시나 당시에 얕았던 나는 민망함을 언제 느꼈냐는 듯 그 일조차도 까맣게 잊어버렸다. 망각의 시간이 지난 몇 달 후, 나는 우연히 예체능대 게시판을 보게 되었고 그 학생의 사진이 실린 팸플릿에 눈이 멈추었다. 그 학생이 학교 전시회 이후 꾸준히 작품을 만들어 여러 전시회에서 좋은 반응을 얻었고 새로운 전시회를 연다는 내용이었다.

다행이라는 생각이 들었다. 아마 함부로 말한 자신에 대해서 잊고 싶어서 그랬으리라. 하지만 잠시 후, 다행이라는 생각을 언제 했냐는 듯 온몸에 부끄러움이 밀려들어왔다.

부끄러웠다. 굉장히.
미술에 무지했던 나 자신이 부끄러웠기 보다는 잘 알지 못한다고 하여 깊게 판단하지도 않고 기피해버리는 몽매한 나 자신이 부끄러웠다.

조금은 속죄하고 싶었을까.
이후 나는 학교 미학 강의를 신청하여 수강하였고 늘 맨 앞자리에 앉아 열심히 들었다. 그렇게 진지하게 듣다 보니 호기심이 생겼고 그것은 관심이 되어 전시회를 보러 가는 또 다른 취향과 취미로 내 안에 들어섰다.
사실 단순히 운이 좋았을 수 있다. 잘 몰랐던 무언가가 우연히 내 취향과 들어맞아 관심이 생기고, 좋은 취미가 되어 기피하지 않게 된 것일지도 모른다. 하지만 중요한 것은 스스로 선택하여 생긴 변화와 경험으로써 무지했던 분야에 관하여 나만의 깊이가 만들어졌고, 그로 인해서 기피를 할지, 하지 않을지 스스로 선택하는 판단력을 갖게 된 것이다.

다시금 다짐해본다.

싫어하는 것들에 대해 직접 겪지 않고, 노력해보지도 않고 함부로 판단하며 살지 않겠다고. 모르는 것은 모른다고 말하며, 호기심 충만한 어린아이처럼 직접 경험해보고 다 흡수해 버리는 마음으로 살겠다고. 이 마음을 잊지 않고 살다 보면 내가 가진 인생의 경험과 취향이 더 깊어지지 않을까 하는 생각이 드니 마음 곳간이 풍요로워지는 기분이다.

먼 훗날, 내 이야기를 들은 누군가는 내게 묻겠지.

아주 덥고 끈적거리며 많은 벌레가 날아다니는 여름날, 서걱거리는 도화지로 포장된 핑크색 생강 초절임을 먹으며 언제 뒤통수칠지 모르는 예의 없는 사람과 함께 아주 무서운 놀이기구를 타는 것이 괜찮겠냐고?

글쎄…….
그러한 날은 제발 오지 않았으면 좋겠다.

말

한 남녀가 카페에
머문다

살아있는 둘의 거리는
폰 화면에 비치는 얼굴
거리의 선명함으로 규정된다

믿으니까 말을 안 하는 남자와
믿으니까 말을 듣기 원하는 여자

어디서부터 잘못된 걸까

엇갈리는 방향
멈춰버린 공기
멀어지는 거리

건조한 스마트폰 화면에
각자의 얼굴이 뚜렷해질 때
쌓아둔 따뜻함이
식어간다는 것을 알까

힘없는 말이 죽어가는 거리
공허한 차가움이 자욱하다

그러한 모두가
그러하듯
서로의 말은 반댓끝 길을 바라보며
쓸쓸히 달려나간다

사실

어쩌면
내가 이토록 누군가를 믿지 못한다는 사실은
나 스스로가 믿을 만한 사람이 아니라는 사실을
상처를 받아서, 라는 상투적 사실이 아니었음을
말해 주는지도 모를 것임을

수건

샤워를 하고
수건을 접다
시선이 집힌다

2010年 xx건설 어쩌꾸 저쩌구

그들의 파아란 타이틀이
빼곡한 별처럼 수 놓은 밤
끄트머리엔 별똥별 내린 듯
기억의 물기가 살아 흐른다

샘난 맘에 붉었던 시절들
적셨던 머릿결 문대보니
한구석 고였던 희미한 추억
끄트머리에 되살아 흐른다

이내 촌스럽다는 생각이 들어
커다란 기억틀을 말려보려니
사라져가는 추억의 끝
내뱉지 못한 마음의 자욱만이
그득하다

덜 마른 이 자리를
언제쯤 말릴 수 있을까

하는 생각이 마르기도 전
오늘도 수건 끄트머리를
마음 한 켠에 담가본다

쳇 베이커

나의 장난스런 발렌타인
달콤한 로레인

나는 여태껏 사랑에 한 번도 빠진 적이 없어요

때때로
길을 잃었죠

달의 사랑
달빛이 당신을 만드네요

로맨틱하지 않아요?

당신이 있어서 나는 기뻐요

사랑하는 사람처럼
나를 돌봐줄 사람

언제나
항상 당신이죠

나는 사랑에 너무 쉽게 빠져요

소유

늘 갖고 싶었던
보이는 것들

욕심만 남긴 채
날아가 버렸네

어떻게 하면
가질 수 있을까

물건도
풍경도
시간도
사람도
마음도
너도
그 무엇도

사실
생각해보면 그래
늘 나는
내보인 채로 안고 싶었어

늘 끝에 가닿아
비어버린 내 어깨를
채울 그 무엇을

소요되는 시간조차
안으려다 보니
눈이 채운 모든 것
내 품에 매달려 있더라
살아보겠다고

나만큼 불쌍한 듯
소유하겠다고
매달려 있더라
내가 것들을 소유하느라
내달린 줄도 모르고

그래
너를 죽일 권리는
내게만 있으니
이 부족한 나도
자격은 되겠구나, 라며

마침내
나를 소유해본다

명상

보인다가 본다로
들린다가 듣는다로
냄새난다가 맡는다로
맛난다가 맛본다로
느껴진다가 느낀다로
있다가 없다로

"늘 그러하듯 나는 명상을 한다."
"늘 나는 명상을 한다."
"나는 명상을 한다."
"명상을 한다.'
"명상 한다."
"한다."
"."
""

'본다'가 ''로
'듣는다'가 ''로
'맡는다'가 ''로
'맛본다'가 ''로
'느낀다'가 ''로
'없다'가 ''로

""
''
'

공간 15. 감각을 느낀다는 것

아침에 일어나 나도 모르게 리모컨으로 손이 끌려가 텔레비전 전원 버튼을 누른다. 전원이 켜진 텔레비전을 쳐다보지도 않고 양치질을 시작한다. 양치질하는 내내 생전 듣도 보도 못한 광고 소리가 들려온다. 내가 선택해서 '듣는' 것이 아니라 '들리고' 있다. 양치질과 세수를 끝내고 나갈 준비를 하면서 스마트폰 인터넷 창을 열어본다. 하루에도 수백 번 바뀌는 광고 창이 눈앞에서 왔다 갔다 거리며 현란한 춤을 춘다. 내가 선택해서 '보는' 것이 아니라 '보이고' 있다. 어느새 나도 모르게 인터넷 쇼핑몰을 구경하고 있다.

집을 나와 친구와의 약속장소로 향한다. 날씨는 좋고 나무는 초록인데 주변을 '느끼지' 못하고 무의식적으로 스마트폰 화면만 보며 걷고 있다. 무언가 '느껴지기'는 하는 것 같은데 '느낄' 틈새가 없다. 약속장소에 도착한 후 친구와 식사를 한다. 일하면서 먹는 습관 때문에 나도 모르게 음식을 빠르게 먹는다. 음식 냄새를 스스로 '맡는' 것이 아니다. 나도 모르게 '맡아지고' 있다. 맛은 어떨까. '맛난다'가 아니라 '맛이 나고' 있다. 심지어 혀가 느끼기도 전에 재빨리 음식을 급하게 삼킨다. 친구와의 만남 후 집으로 돌아온다. 피곤한 몸을 안고 목욕을 한다. 물의 온도를 '느끼는' 것이 아닌 '느껴지는' 듯한 기분에 사로잡혀 목욕이 끝난다. 잠자리에 누워 끝없는 잡념에 사로잡히다가 이내 잠이 든다.

위의 내용은 명상을 하기 전 감각이 사라진 저의 하루 일상입니다. 너무 바쁜 일상에 지쳐 살다 보면 가끔 내 몸이 내 것이 아닌 것 같습니다. 무언가를 스스로 선택해서 온몸으로 느끼는 것이 아니라 그저 그냥 흘러가는 대로 사는 듯한 느낌에 사로잡힙니다. 내 몸의 감각을 제대로 사용한 적이 언제였는지 가물가물합니다.

저를 포함한 많은 사람들은 바쁜 현대사회를 따라가느라 많은 것들에 수용당하며 사는 듯합니다. 우리의 오감을 제대로 사용하지 못하게 형성된 편리한 시스템

덕에 많은 광고와 자극들에 쉽게 노출되고 있지요. 그러한 자극들은 도파민을 분출시켜 우리를 행복하게 만드는 듯합니다. 하지만 이내 질려 더 자극적인 것에 노출되고 수용되길 원하는 우리를 발견하지요. 그렇게 우리는 오감을 잃어감과 동시에 자기 자신도 잃어갑니다. 하지만 인간으로서 살아가려면 수용을 당하는 것이 아니라 스스로 선택하며 살아가야 한다고 늘 생각해왔습니다. 바쁜 세상 속에서 굳이 오감까지 신경 쓰면서 살아야 하냐고 묻는 사람이 있을지도 모릅니다. 하지만 인간이 오감을 제대로 사용할 때 얻는 자아와 감각에 대한 충만함은 삶을 살아가는 데에 있어 또 다른 시야를 열어 줍니다.

명상과 감각에 관한 책에서 본 한 구절이 있습니다.

"'보인다', '들린다', '맡아진다', '느껴진다', '맛이 난다.'라는 다섯 개의 문장이 이상하지 않다고 느껴진다면 현대사회가 만든 시스템에 이미 익숙해져 오감을 잊어가고 있는 것이다."

이 말은 즉, 진정으로 자신의 오감을 사용하고 선택해서 살아가려면 "본다, 듣는다, 맡는다, 느낀다, 맛난다."라는 느낌으로 자신의 감각을 선택하여 잘 사용해야 함을 의미합니다.

만약 오감을 제대로 사용하여 얻은 삶의 습관들이 많

아진다면 어떤 변화가 생길까요. 아마 조금 더 충만해지고 마음의 여유가 생기며 내 몸이 어떻게 움직이는지 제대로 파악하게 되겠지요. 하지만 실제로 바쁜 현대사회에서 매번 내 감각을 오롯이 사용해서 살아간다는 것은 쉽지 않습니다. 그래서 저는 감각을 사용하는 방법을 찾기 시작했고 가장 적합한 것이 명상임을 알게 되어, 시작하게 되었습니다.

욕심은 내지 않기로 했습니다. 편안해지기 위한 명상마저 욕심을 내버린다면 너무 힘들 것 같았거든요. 수많은 명상법 중에 저와 맞는 명상법을 천천히 시도해보면서 저만의 방법들이 만들어졌고 잃어버렸던 감각을 어느 정도는 되찾은 기분이 들었습니다. 물론 가끔 무너질 때도 있었지만 예전보다는 더 빨리 저를 되찾을 수 있었지요. 또한, 명상이라는 것이 생각보다 대단한 것이 아니라는 깨달음도 얻었습니다. 대부분 사람이 생각하듯 가만히 앉아 명상음악을 들으면서 하는 것만이 명상이 아니라는 것과 실생활 어디서든 제대로 감각을 알아차리고 사용할 수만 있다면, 잡념을 끊어내어 여유를 얻을 수 있다는 사실도 알게 되었습니다. 그렇게 저는 명상을 통해 마음의 평안에 더 가까워지고 있습니다. 물론 아직도 한참 멀었지만요.

약속이 있는 날, 혼잡한 지하철에 몸을 싣습니다. 빈자리에 앉아 저도 모르게 SNS를 구경하다가 여러 번 새로고침 버튼을 당겨 누릅니다. 앗! 손가락을 재빨리 멈춥니다. 분명 새로운 자극을 쉽게 원하는 무의식적 행동이라는 것을 알아차리고는, 잠시 스마트폰을 주머니에 넣어두고 눈을 감습니다. 예전의 저였다면 수백 번 했을 무의미한 행동을 하지 않으려고 자신을 되돌아봅니다. 숨을 힘껏 들이 내쉬고는 가방에서 좋아하는 책을 꺼내 집중해서 봅니다. 내가 선택한 책을 제대로 '보고' 있다는 느낌이 듭니다. 왠지 모르게 기분이 좋으니 글자들이 머릿속 구석구석을 꾸며주는 듯한 여유와 함께 복잡한 지하철이 편하게 느껴집니다.

아, 편안함에 이르렀나 봅니다.

눈

거리엔 캐롤이 풍겨나고
곳곳의 공기는 차디차니
눈이 올 것만 같아

지금 눈이 내린다면
어떤 온도일까

차가울까
따스할까

내릴 거면
흩날려버려
내 입술에 닿아
잎술이 되었음 좋겠네

하늘에 흩날리는 키스들아

나를 차스하게 해주렴

유서

나는 죽어가며 살아가고 있다
태어났을 때부터
지금까지

그러므로 이건 그리 슬픈 일이 아니다

꽤나 열심히 뛰어왔다
아마 내 앞 살아있는 동안
꽤나 열심히 걸어갈 것이다

그러함에 나는 유서를 쓰고 있다

태어난다는 것

겨울,
차가운 것 덕에 따스함이 피어난 계절
그 아름다움 속, 나는 태어났다
무릇 죽는 것이 정해져 있다면
봄,
따뜻한 것 덕에 차가움이 그리운 계절
그 따뜻함 속에서 죽었으면 한다

믿는다는 것

나는 살면서 많은 것들을 믿으려 했다
매 순간 그 믿음은 덧없이 깨졌지만
죽어감을 안 이후로
그 무어도 중요하지 않다는 것을 깨달았다
믿으려 하는 자와 믿음을 해한 자
그 끝에선 모두 편해질 지어니
설령 믿음이 사라졌을지라도 괜찮다
그때 그 순간, 진심이 존재했다면

사랑한다는 것

나는 살면서 많은 것들을 사랑하려 했다
가족, 그녀, 친구, 자연, 수많은 것들을
매 순간 사랑한 만큼 사랑받지는 못하였지만
죽어감을 안 이후로
그 무어도 중요하지 않다는 것을 깨달았다
사랑은 잘못이 없다
태초에 사랑은 사랑 자체로 존재했을 뿐
사랑을 소유의 품으로 끌어내린 것은 인간이다
인간을 제외한 모든 것들은
사랑을 사랑
그 자리 그대로 놔두는 법을 알지어니
자연의 순환
그 시작과 끝에는
늘 사랑이 놓여있을 것임을 느낀다

살아가며 죽어간다는 것

나는 태어난 이래로
계속 죽어가고 있었으며
살아가고 있다
계속 살아가고 있었으며
죽어가고 있다는 것이다

살아가면서
늘 가지 못하는 길에는 아쉬움이 당도한다
허나 죽어가면서
그 모든 길에 당도하지 못함을 알기에
나는 죽음 또한 이제는 친구로 삼으련다
맛있는 밥을 먹는 것
폭신한 옷을 입는 것
따뜻한 차를 마신 것
가끔 시원한 공기를 내쉬었던 것
그것이면 됐다는 생각을 이제서야 한다

그러하기에 이것이면 됐다
어떠한 행으로도
그럴듯한 유서를 쓰지 못할 것임을 알기에
이것이면 됐다는 생각을 한다

그러한 나는
마지막 순간
마지막 연
마지막 행
그 끝단에서
조심스레 속삭일 것이다

꽤나 나쁘지 않았다고
꽤나 감사했다며

조심스레 다시금
길을 내쉰다

달빛

나는 요즘 이따금 멍하니
새벽에 하늘을 바라보다
달빛과 대화를 맞춘다

"너는 죽어있니? 살아있니?
나는 살아있는 듯하지만 죽어있단다.
내가 죽어서 살아있는걸,
내 가족도 친구도 그 누구도 모르지.

허나 나는 안단다.
그러니 너도 이제 안단다.
생과 사를 허무는 빛으로 나를 안아주렴."

너와의 대화가 허공을 오감에
나도 산 내가 그리워
손가락을 들어 달에 쑤셔 넣고
어쩌면 달이 동그란 게 아니라
하얀 너를 구멍 뚫린 밤하늘 전체가
가려버린 것일지도 몰라, 하며

밤하늘 죽어버린 검은 벽지를
초승달 박힌 손톱이
빨간 달로 저물 때까지
벅벅 긁어내다가

끝내 벗겨져 흘러내린 검은 피가
스며든 커피잔을 거뭇한 혀로
세댓잔 투석하며 빌빌대다가
빈속의 허무를 달랠 때쯤
나는 억지로 잠을 참는다

내일이 오기 두려워 참는 잠이 아니라
내일이 올까 궁금해 하는 잠을 참다가

입은 벌리고 귀는 닫고
코는 멈추고 눈은 감고
눈꺼풀은 날개 되어 날려 보내는
숨을 겨우 내쉬어보다

죽다와 살다를 오가는 추가
뻥 뚫린 뇌 머릿구녕을 오다가다
끝없는 횡행을 여행할 때쯤
잠이 들어 숨을 버리고 떠나본다

쳇 베이커 2

그날

그가 날았던
호텔 창밖
하늘과 땅 사이는
따뜻했을까
차가웠을까

멀어져가는 공기의 소리가
그의 귓바퀴를 스쳐 지나갈 때
감미로웠을까
날카로웠을까

그의 음악처럼
혹은 그의 삶처럼?

어떤 음도에 가닿아 있든
재즈라는 꿈속에서
조금은 깬 숨을 내쉬며
가벼웁게 빛나고 있기를

무게감

마음이 여린 이들은 하나 둘
하늘의 별이 되어 박히고

돌 던진 자들은 침묵하는 악으로
간사한 자들은 양심 판 뒷돈으로
다시금 돌을 던져 여린 별을 만들고

예술과 낭만은 병들어 죽어가며
기품은 사라진 지 오래고
값싼 문화가 흥행하며
정의는 사라져 버린 이 어두운 사회 속

나는 나와 내 이들을 어떻게
부정적 서슬로부터 지켜내며
무한하게 살아갈 수 있을까

우주를 향하여

목욕을 끝내고
텅 빈 집 홀로
나체인 몸을 바닥에 뉘여본다

지쳐서 끈적해진 피와 가죽은
장판에 엉겨붙어 숨을 쉬지 못한다

아, 인간은 왜 이리 약하게 만들어졌을까
그깟 옷가지 몇 개 없다고 숨을 쉬지 못허니

내 방 한구석 창문 틈
조그마한 모서리 사이로 오가는
달빛섞인 바람이 나뭇가지를 쳐대고
깎여버린 잔가지들은 서로의 거리를 못내
못 좁혀 그림자로 안아주기 바쁘고

그 밤 풍경을 묻힌 서늘한 바람이
내 온몸 구석구석을 스쳐
네 우주로 빠르게 흐르고
그럼에도 지구는 느릿느릿 돌아가고

나는 천천히 살아가면서 동시에
빠르게 죽어가는 법을 배우고

우리 모두는
꿈속의 우주에서
꿈을 은유하며 부유하고 있고

공간 16. 별은 떨어진대도 꽃이 되어 핀다

떨어지는 별을 보기 위해 밤하늘을 쳐다볼 필요가 없는 세상이 되어버렸다.

주변을 둘러봐도 떨어지는 별이 너무나 많으니 낮이든 밤이든 온 세상이 깜깜하지 않나 하는 생각을 한다.

무엇이 문제였을까.

커다란 유명세와 좋은 외모, 인기, 돈, 명예를 얻고도 별들이 떨어지려는 이유가 무엇인지는 망자가 아닌 그 누구도 정확하게 모른다. 아이러니하게도 그 정확하지 않은 이유는 이슈가 되어 갈등을 만들고 또 다른 혐오로 치환되는 세상이다. 나는 정말로 그 현상 자체에 슬픔을 느낀다. 그리고 그러한 혐오가 슬퍼 '죽음'이라는 단어를 사용하고 싶지 않다.

아마 앞으로도 수많은 별이 떨어진 이유는 정확히 알아낼 수 없을 거다. 다만 별똥별이 대기권에 들어와 자신을 태우듯이, 살아있는 동안 자신의 영혼을 진정으로 태운 이들이라고 말하고 싶다. 물론 목숨을 저버린다는 것은 슬픈 일이지만, 그들이 단순히 사라졌으리라고는 생각하지 않는다. 별똥별이 떨어지고 나면 운석을 남기듯 그들이 세상을 스쳐 간 흔적에는 꽃이 피어 있을 테니까.

유명한 이가 하나, 둘 떨어질 때마다 마음 한편에 모아 둔, 살아가야만 하는 이유가 하나씩 사라지는 기분이 들었다. 물론 그 이유는 진리보다 속세에 적용되는 것들이었는데, 아마 내가 무명에 자리 잡고 있어서 모아 둔 이유일 거다. 그럼에도 유명한 이가 목숨을 저버린다는 건 어떤 방향에서 바라봐도 마음 아픈 일이다. 이 사회가 말하는 경제적, 명예적, 직업적인 성공의 기준으로 사람의 종류를 둘로 나눈다면, 성공한 사람이든 아직 그렇지 못한 사람이든 살아갈 이유가 줄어드는 기분일 테니까. -물론 앞서 말한 성공의 기준과 행복의 기준은 또 다른 문제이지만- 아직 성공하지 못한 이가 목숨을 끊는 것도 매우 슬픈 일이지만, 성공한 이가 목숨을 버려 아직 성공하지 못한 자의 희망까지 빼앗아 가는 기분이 세상에 만연해질까 봐 조바심이 들었다. 때가 이르지 못해 아직 보이지 않는 별들마저 행여나 떨어지지 않을까 하는.

힘들어하는 한 친구가 죽고 싶다고 되뇌던 기억이 떠오른다. 내가 힘들 때 자주 머릿속에서 생각했던 것들을 친구는 입 밖으로 꺼내며, 죽는 것도 한 인간의 선택 아니냐며 죽음의 권리를 운운해 댔다. 나는 그 자리에서 무슨 말을 해야 했을까. 입이 무거워졌다. "아니야, 살다 보면 좋은 일이 생길 거야. 너는 충분히 소중한 존재야."라는 그럴듯한 말은 한마디도 해주지 못했다. 그렇게 말하기엔 위선 같았고 나는 그 친구의 상황을 친구만큼은 절대로 느끼지 못할 테니까. 다만 한마디 말은 했다.

"나보단 먼저, 스스로 죽지 마라."

나는 진심으로 그렇게 생각한다. 그건 너무 성급한 일이니까. 나도 꽤 자주 때때로 더러 아주 많이 스스로 목숨을 저버리는 것에 대해 생각해 본 적이 있지만, 이제는 계획이 없다. 다만 다른 생각을 한다. 우리에 관한 우주의 계획은 생각보다 더 길고 웅장할 것이라는.

먼 훗날,

우리의 의지가 아닌 자연의 순리에 따라 사람의 형태
를 떠날 때, 또 다른 별 혹은 꽃씨가 되어 온 우주를 여
행할 것이라고 나는 힘껏, 그리고 진정으로 믿어본다.
그러니 나와 당신, 우리 모두 미래의 그 날을 위해, 사
람의 형태로 이 시간을 더 함께 지냈으면 한다. 이 아쉽
고도 짧은 시간의 끝점, 그 우주는 우리가 원치 않더라
도 긴 여행 표를 선물해 줄 테니까.

밤하늘을 멍하니 쳐다본다.

오염된 공기 때문에 별이 보이지 않아, 육안으로 보이
는 것은 대부분이 인공위성이라고 어디선가 들었다. 하
지만 나는 밝게 빛나기만 한다면 별이라 부르기로 한
다. 그리고 떨어지지 않는 인공위성처럼 더 오래 버텨
보기로 마음먹는다. 아마 인공위성은 진보된 과학기술
덕에 아주 튼튼하고 수리도 자주 할 테니, 오랜 시간 동
안 떨어지지 않고 더 밝게 빛나지 않을까. 본인을 태우
지 않아도 태양 빛을 충분히 받으니 더 따뜻하고 밝게
빛날 수 있지 않을까 하는 공상을 한다.

별 덕에 시린 눈가를 돌려 땅을 바라본다.

아주 오래전, 하늘에서 밝게 빛나던 별들이 떨어져 지
구로 내려왔을 때, 흙이 되어 꽃과 풀로 자랐나 보다.

그래,

별은 떨어진대도 언젠가는 꽃이 되어 핀다.

시, 공간의 비밀

"일반 상대성 이론 中 - 시공간은 상호작용하며, 공간에 위치한 질량을 가진 물체에 의하여 그 시공간은 휘어진다."

시공간이 휘어진다는 표현이 참으로 마음에 드네요. 제가 쓴 시를 누군가가 읽을 때, 시에 영향을 받아 시간을 잊고 몰입하여 현실과는 다른 휘어진 공간 속으로 조용히 침잠하기를 바라봅니다.

책을 내기까지 고생해주신 많은 분께 다시 한번 감사함을 표하며, 비록 부족한 글들일지라도 이 공간 안에서 조금이나마 푹 쉬셨다면 저는 너무 행복할 것 같아요. 아, 물론 조금 욕심을 더 내보자면 이 '시, 공간'을 넘어서 늘 여러분만의 공간에서 편안함에 이르시기를 진심으로 기도합니다.

그럼, 다른 공간에서 곧 다시 뵙기를!

- 2021. 첫 책, '시, 공간'의 온점에서.

시, 공간

지은이 조종하
펴낸이 김성태
디자인 최엄지
펴낸곳 이상공작소

초판 1쇄 2021년 1월 1일
출판등록 2019년 7월 12일 제375-2019-000058호
주 소 경기 수원시 장안구 수성로303번길 32-13(정자동)
전자메일 idealforge@naver.com
홈페이지 blog.naver.com/idealforge
전화번호 050-6886-0906
팩스번호 050-4404-0906
페이스북 facebook.com/idealforge
인스타그램 @ideal_forge

ISBN 979-11-970938-1-4
ⓒ 조종하, 2020, Printed in Korea